SAINT-JOHN PERSE
颂 歌

Éloges
suivi de *La Gloire des rois*
Anabase, Exil

〔法〕圣-琼·佩斯 著

管筱明 译

人民文学出版社
PEOPLE'S LITERATURE PUBLISHING HOUSE

著作权合同登记号　图字 01-2020-4586

Saint-John Perse
Éloges suivi de *La Gloire des rois*, *Anabase*, *Exil*
© Éditions Gallimard, 1960
All rights reserved

图书在版编目(CIP)数据

颂歌/(法)圣-琼·佩斯著;管筱明译.
—北京:人民文学出版社,2021(2025.1重印)
(巴别塔诗典)
ISBN 978-7-02-016583-4

Ⅰ.①颂… Ⅱ.①圣…②管… Ⅲ.①诗集-法国-现代　Ⅳ.①I565.25

中国版本图书馆 CIP 数据核字(2020)第 163398 号

责任编辑	朱卫净　何炜宏
装帧设计	李苗苗

出版发行	人民文学出版社
社　　址	北京市朝内大街 166 号
邮　　编	100705
印　　刷	凸版艺彩(东莞)印刷有限公司
经　　销	全国新华书店等
字　　数	65 千字
开　　本	889 毫米×1194 毫米　1/32
印　　张	6.75
插　　页	5
版　　次	2021 年 6 月北京第 1 版
印　　次	2025 年 1 月第 2 次印刷
书　　号	978-7-02-016583-4
定　　价	69.00 元

如有印装质量问题,请与本社图书销售中心调换。电话:010-65233595

目录

颂歌

写在门上
我有一身红褐色或公骡色的皮肤　_5

给克鲁索的画像
钟　_9

墙　_10

城市　_11

星期五　_14

鹦鹉　_15

母山羊的阳伞　_16

弓　_17

种子　_18

书　_19

为纪念一个童年

一　棕榈树！　_23
二　而我母亲的那些女佣　_25
三　……此外这些蜂鸟　_27
四　而一切只是光的领域和疆界　_29
五　……哦！我有理由颂扬　_31
六　棕榈树　_33

颂歌

一　肉被当风烤着　_37
二　我曾喜欢一匹马　_38
三　自豪的节奏打落了红色的忧郁　_39
四　蔚蓝　_40
五　……而这一泓泓静水就是奶　_42
六　而一些别的时刻　_44
七　我们指甲的斜坡上　_45
八　把朝海的门廊给批发商　_47
九　……哦，结束吧　_49
十　为了把黄牛和公骡赶下船　_51
十一　像抽底片　_52

十二　我们有个僧侣　_53

十三　鱼头在身子肿胀　_54

十四　汁液无声地流淌　_56

十五　童年，我的爱　_58

十六　……乡里上年纪的人　_60

十七　"等您给我理完发"　_62

十八　现在放开我　_63

国王们的光荣

朗诵给一位王后的颂词

一　"肥硕蛆虫爬过……"　_69

二　"我并未屈指数她的头衔……"　_70

三　"此外我移动……"　_71

四　"而且我像一旁的年轻人游目四顾……"　_72

五　"唉，你是不可或缺的……"　_73

君主的友谊

一　你，我们中间的小鼻孔男人　_77

二　他们就这样闲谈与议论　_79

三　我每个季节回来　_81
四　……在枯燥乏味的昆虫喧嚣声中　_83

摄政王的故事
你胜了　_87

事前推定的歌
我礼敬活着的人　_91

摇篮曲
头生女　_95

远征

歌
一匹马驹在青铜色的枝叶下出生　_103

远征
一　有幸在三大季节上面定居　_107
二　一片沉寂笼罩着经常被造访的国度　_110

三　男人出门收获大麦　_111

四　兴建城市——这是世界发展的趋势　_114

五　为我牵挂远方事务的灵魂　_117

六　在当今伟大的军政府之中　_120

七　我们不会永久居住在　_124

八　牝马交易法　_127

九　我们来到西方已如此长久　_130

十　选一顶大帽　_133

歌

我的马在栖满斑鸠的树下驻足　_139

流亡

流亡

一　门朝沙滩敞开　_145

二　这支清越迷人的歌　_146

三　"……以往一直有这种喧闹……"　_148

四　奇异的夜　_151

五　"……如一见大海即脱衣的人……"　_154

六 "……深更半夜在石廊漫步……" _156

七 "……闪电的句法!……" _161

雨

一 雨的榕树 _167

二 太可疑的乳母 _169

三 高空行进在大地的雨水 _171

四 与市政官员私通 _173

五 但愿你们的临近充满崇高气氛 _175

六 一个人感到如此孤独 _177

七 "我们有无数条道路……" _179

八 ……雨的榕树 _182

九 暗夜来临 _184

雪

一 然后就下雪了 _187

二 我知道有些大船 _189

三 这么多海来分散我们岁月的奔跑 _191

四 独自在这间被雪的海洋包围的拐角房间上方算账 _194

写给异乡女人的诗
一　沙子和秸秆将诱惑不了　_199
二　"……没流一点眼泪……"　_201
三　众神就在近处，众神鲜血淋漓　_204

颂 歌

写在门上

颂 歌_5

我有一身红褐色或公骡色的皮肤，
我有一顶蒙着白布的接骨木软芯帽。
我骄傲的是女儿支使黑女人时很美丽，
我快乐的是她裸出一条雪白手臂赶她的黑母鸡，
还有我一身污泥回到家时，
她毫不羞怯地紧贴我汗毛下的粗糙面颊。

*

我先把马鞭、水壶和帽子递给她。
她笑盈盈地放开我汗津津的面孔，
牵我搓擦过咖啡豆的油腻双手去摸她的脸蛋，
接下来她给我拿来一方窸窣作响的头帕，
还有我的羊毛袍子；送来一点纯净水，让我洗漱无声的牙齿
我的面盆里已放好水，而且我听见浴池水箱里的水声。

*

一个男人日子艰难。他的女儿温柔。愿他每日回家时,
　　女儿都在白屋台阶最高处,
　　把马从他夹紧的双膝解脱。
　　它将忘记把它整个面皮往屋里拽的激动。

*

　　我仍喜欢我那些狗,喜欢我更敏捷的马发出的呼唤,
　　我喜欢看见猫由雌猴陪同,从右边小路尽头走出屋子……
　　所有这些让我满足,不至于在铁皮屋顶上
　　看到与天同色的海上滑过的船帆而生羡慕。

给克鲁索的画像

钟

克鲁索，两手赤裸的老翁，
被送回人群！
我想象，当修道院的钟楼，
像汹涌的潮水，往城市倾倒众钟的呜咽，
你哭了。
哦，抛弃邪念的老人！
你哭，是因为想到月下拍击岩礁而碎裂的浪花，想到更远的海岸的喧嚣，想到暗夜闭合的翅翼下响起来又弱下去，像海螺那一圈圈波纹，像放大的水下噪声的怪异音乐……

墙

墙就在对面,阻挡你梦的圆圈。

但画像发出它的呐喊。

头靠着油腻圈椅的一侧靠枕,你的牙与舌忍受着脂肪与酱汁的味道,并将之传染给牙床。当青黛的黎明在神秘的水中渐显,你想到岛上笼罩的浓黑乌云。

……这是流亡中的汁液的汗水,是角果植物苦涩的粗脂,多肉红树的辛辣暗示,是荚果里一种黑色物质的酸性幸福。

这是枯树回廊里蚂蚁的黄褐色蜜汁。

这是被你饮用的黎明加酸的青果味道,是充实了信风之盐的乳状空气……

快乐!啊,在九霄云外解除束缚的快乐!一叶叶洁净的帆布闪闪发亮,无形的教堂前广场散播着一些牧草,土地的青葱快乐彰显在一个漫长白昼……

城市

　　板岩片，或者长着苔藓的瓦片覆盖着它们的屋顶。

　　它们的呼气通过壁炉烟道逸出。

　　脂肪！

　　被压榨的男人的油腻味，像一个老旧屠宰场的气味！裙筒里女人泛酸的肉体！

　　哦，朝向天空的城市！

　　脂肪！在人类的烟霭中，夜晚朝源源不断的腻人呼吸，朝一城居民太成问题的烟气——因为整座城市都在制造垃圾，

　　朝棚铺的老虎窗——朝收容所的垃圾桶——朝海员出入街区那蓝色葡萄酒的气味——朝在警察的奔跑中抽泣的喷泉——朝淡棕色石头的雕像，朝流浪的狗儿——朝吹口哨的孩童，朝两颊内陷面皮颤抖的乞丐，

　　朝额上三道皱纹的病猫走下来，

　　夜晚降临，在人烟中……

——城市像个脓肿通过江河流向大海……

克鲁索!——今晚挨着你的岛屿,正在靠近的天空将赞美大海,而静默将使孤独的众星加倍欢呼。

合上窗帘,别点灯:

这是在你的岛上和岛屿周边,这里那里,在所有不缺海水却在扩大水罐的地方的夜晚;这是海与天织造的道路上色如眼皮的夜晚。

一切都是咸的,一切都像原生质的生命,黏糊糊沉甸甸的。

鸟在油性的梦里,栖在羽毛下摇晃着给自己催眠;空心的果子,被昆虫吵聋了,落进小港湾的水里,去搜寻昆虫的声音。

岛屿被温热的波浪和油腻的稀水泥浆洗濯,在豪华水罐的来来去去里,靠着喧闹浩淼的海面睡着了。

在围护岛屿的红树林下面的淤泥里,一些行动迟缓的鱼用扁平的头吐着气泡,另一些行动迟缓的鱼在警戒,它们的躯体像爬行动物一样染了颜色。——水罐们受了精——你听见空心的虫子在它们的外壳里格格作响——青天一角有道仓促的烟气——那是蚊虫在集结串飞的蚊阵。蝗虫在叶面下轻声呼唤——一些别的温柔虫子在晚上变得殷勤，唱起一支比雨水通报更清纯的歌：这是两颗珍珠在鼓起黄色的喉咙下咽食物……

旋转并发亮的水的啼哭声！

花冠，粼粼波光的嘴：发芽与开放的哀伤！这是一些在旅行中变幻不定的大花，在世界上不停生长的永生之花……

哦，在静水上环流的和风之色，

摇曳的棕榈树上的叶片！

没有远处的狗吠通报茅屋、暮烟与辣椒气味中的三块黑石。

但蝙蝠用声声低吟裁切着温柔的夜晚。

欢乐！九霄云外无羁无缚的欢乐！

……克鲁索！你在那儿！你的面孔像翻转的手掌朝向夜晚的信号。

星期五

一片阳光里的欢笑，

象牙！羞涩的跪下，双手抓捏着泥土……

星期五！当你挨着沉默的男人，在阳光下搅动你肢体的蓝色流淌，把那么细长的手伸向土地，那时叶片是多么青翠，你的影子是多么新颖！

——现在有人送你一个红色的还俗之人作礼物。你饮灯油偷食橱里的食物；你觊觎身上散发鱼味的胖厨娘的裙子；你欣赏制服铜饰上映出的你变狡诈的眼睛和淫邪的笑容。

鹦鹉

这是另一个。

一个讲话结巴的海员把它送给一位老妇人。老妇人把它卖了。它栖息在天窗附近的楼梯平台上,那里,与小街陋巷一般颜色的脏兮兮的惨淡日光与黑暗混做一团。

夜里,克鲁索,当你从院子凹处上楼,推开走廊门,往前举起摇曳不定的星辰之火,它用叠声的叫喊跟你打招呼。它偏过头去,掉转目光。举着灯盏的人!你想对它干什么?……你望着它脏污花粉般的眼皮下那只圆溜溜的眼睛;你望着一圈液渍样的第二个圆箍。还有那蓬乱无光浸泡在粪液尿水里的羽毛。

造孽啊!你的灯盏叹息。鹦鹉发出它的叫喊。

母山羊的阳伞

它在熏人的尘埃气味中,在阁楼那间小房里。它在一张三条腿的桌子下,在猫砂箱和积着羽毛的散箍的酒桶之间。

弓

在呼呼作响的炉膛前,你裹着印花宽袖长外套仍冷得发抖,你望着和缓的火鳍在翻波作浪。——但是一声咔嚓撕裂唱歌的暗影:是你挂在钉上的弓爆裂了。它顺着内里的纤维裂开,就像干枯的荚果被好战之树的双手捏开。

种子

留在你山羊皮衣服上的绛红色种子,你把它埋进一只瓦盆。

可是它没有发芽。

书

　　一天晚上一场场久雨正朝城市袭来，在你心里激起语言的晦暗诞生，你这时在炉膛口发出什么怨诉。
　　"我的天主啊！暴风雨正轰隆而来。怎样以一场比它更遥远的辉煌流亡，来守住您让我走上的道路。
　　"在一个如此漫长的白日，吸收您孤独之盐的养分，见证您的沉默、您的影子和您洪亮的嗓音之后，您不会把这黄昏的朦胧留给我吧？"

　　——在苍茫的暮色里你这样抱怨。
　　但既然在昏暗的窗户下，朝向对面的墙壁，你无法让逝去的璀璨复活，
　　那就翻开书吧，
　　把一根磨损的指头在一行行预言间游走，然后盯着页面，等待动身的时刻，等着大风刮起，把你一下卷走，就像一股台风，在你等待的眼睛前拨开重重乌云。

1904 年

为纪念一个童年

"国王之光定居点"

一

棕榈树！……

那时人们把你浸入绿叶之水，还有来自绿色阳光的水；你母亲的女佣，皮肤发亮的高大姑娘，在颤抖的你身旁扭动她们发烫的大腿……

（我说的是那时在连衣裙之间，在迂回的光亮中的一种高雅状态。）

棕榈树！和树根

苍老的温柔！……于是大地

希望更晦暗，天空希望更幽深。参天大树倦于一种隐约的意图，在天宇系结理不清的契约。

（我是在估量中做此梦的。我估量的是：在热情的衣物间安全的居留。）

于是高兀

而盘曲的树根颂扬在神奇道路上的行走，歌颂教堂拱顶和中殿的发明，于是光亮以更完美的丰功伟绩,开创了白色王国,或许我已把一具无影的躯体领到此王国……

(我说的是从前,男人与他们咀嚼某种树叶的姑娘间的一种高雅状况。)

那时,男人的嘴

更庄重,女人的臂膀更迟缓;

那时,沉默的巨畜像我们一样以树根为食,因而变得高尚;

于是眼皮朝更深的阴暗更久地睁开……

(我做过此梦,它把我们耗尽,没留下半点遗物。)

二

而我母亲的那些女佣,皮肤发亮的高大姑娘……而我们那了不起的眼皮……哦,

光亮!哦,宠爱!

提起每一件事物,我都背书似的说它伟大;提起每一个动物,我都说它美丽而善良。

哦,在红叶丛中

吞食我美丽绿昆虫的

更大的贪婪花朵!花园的树丛散发出家庭墓地的气息。一个年龄太幼的妹妹死了;我曾把她的桃花心木棺材摆在三间卧房的镜子之间,因为那棺木气味芳香。不应该用一颗石子击死蜂鸟……但在我们的游戏中,土地顺从如同女佣,

如同那个留在屋里有权要把椅子的女佣。

……热情的植物,哦,光亮,哦,宠爱!……

此外这些蜂鸟,这种蜂,它们朝花园最后一层飞去,好像光亮开口唱了歌!

……我想起盐,想起黄脸奶妈大概在我眼角拭去的盐。

黑巫师在做日课时说教:"世界恰如一叶独木舟,弯来转去,不知风是想笑还是想哭……"

于是我的眼睛马上努力描绘

一个在波光粼粼的水中晃荡的世界。我的眼睛认出了树身那光滑的桅杆、树叶下的桅楼、后桅驶风杆和横桁以及藤的侧支索,

在那侧支索上,花伸得太长太长,

没入虎皮鹦鹉的学舌声里。

三

……此外这些蜂鸟,这种蜂,还有花园的最后一层……有人呼唤。我将前往……我是在估量中说话。

——除了童年,还有什么现已不复存在?

平原!山坡!曾经

更有秩序!不过一切只是光的领域和疆界。阴影和光亮当时几乎是一回事……我说的是一种估量……在林边,果子

可以落下

而快乐不至于在我们唇边腐烂。

于是男人以更庄重的嘴摇曳更多的影子,女人以更迟缓的臂膀做更多的梦。

……我的肢体由年龄滋养,长得粗壮,沉甸甸的!我不再明白,儿童做梦时,为什么把磨坊和苇秆都安排在奔腾欢唱的水中……右边

人们收进咖啡,左边端进木薯

（哦，人们折叠的布单，颂扬的物件！）

这边是印记鲜明的马和短毛的骡子，那边是黄牛；

这边是声声鞭响，那边是安垴鸟的啁啾——还有磨坊苇秆的伤口。

而一朵云

紫黄的，可可李的颜色，如果突然停下，罩住金色的火山，

那么就从小屋里处，直呼其名

叫唤那些女佣！

除了童年，还有什么现已不复存在？……

四

　　而一切只是光的领域和疆界。畜群往坡上爬,奶牛散发出电池浆味……我的肢体

　　由年龄滋养,长得粗壮,沉甸甸的!

　　我记起一个太太晴好的日子,因对白色天空感到过分的恐惧而哭泣!……哦,沉寂!天空像狂热的目光在燃烧……我哭泣,

　　好像是哭泣,把脸埋在苍老而柔软的手心里……

　　哦!这是纯粹的抽泣,它并不愿得到支援。哦!仅仅是抽泣,它已把我的额头当作硕大的晨星来摇晃。

　　……你母亲曾经美丽而苍白

　　曾经是那样高大又那样疲倦,

　　俯身扶正你厚厚的草帽或太阳帽,帽上覆盖着双层希金纳树叶,

愿平纹细布的光亮透过忠实于阴影的梦
充满你的睡眠!

……我的保姆是个混血儿,浑身散发出蓖麻气味。我总是看见她额上眼圈边挂着晶亮的汗珠——上午在河里,她的嘴是那么温柔,带着苹果玫瑰味道。

……可是她有黄皮肤祖母的血缘,
她擅长治疗蚊虫的叮蜇,
当她穿着白袜,当柔和的火之花透过百叶窗,朝她的象牙色长眼睑射过去时,
我说她是美丽的。

……可是我并不熟悉他们所有的声音,我也并不认识在高大的木屋里服务的全体男人女人;
不过很久很久以后我还记得
那些无声的面孔。他们色如番木瓜,满脸倦意,像死去的星星停在我们椅后。

五

……哦！我有理由颂扬！
黄皮肤手掌遮掩着我的额头，
额头啊，你记得夜间的津津虚汗吗？
记得发烧的无眠午夜和水池的味道，
记得那将在清晨的小湾招展的蓝色黎明之花，
那比一只蚊子更吵闹的中午时分，以及五光十色的海发射的支支箭矢？……

哦，我有理由！我有理由颂扬！
码头边泊着高大的音乐之船。有洋苏木的岬角；有炸裂的木果……可是拿码头边泊着的高大音乐之船作什么用？

棕榈树……！于是
一片更轻信的、潜伏着隐蔽出发的海
像果园上空的天宇一样摊开，

装满金灿灿的果、紫晶晶的鱼和鸟。

于是，更温馨的芳香，来往于最峻拔的树梢，

传播着另一个时代的气息，

而通过我父亲花园里那唯一人为的肉桂树——哦，虚幻之物！

为一身鳞甲而自豪，一个纷乱的世界将兴奋若狂。

（……哦，我有理由颂扬！哦，慷慨的传说，哦，丰盛的餐桌！）

六

棕榈树！
在吱嘎作响的住所有那么多火的喷管！

……在风下面人语成了光的声音……父亲勤奋的小划子载来一些白种大人物：总之，他们或许是一些蓬头乱发的天使，或许是一些衣着华丽、头顶接骨木冠冕的健康男人（一如我父亲，高贵而庄重）。

……因为，早上，在沿着沾了裸水而泛白的原野上，我看见君主们和他们的驸马，一些上等人，衣冠楚楚默不作声，朝着西方走下去。因为上午的海是星期日，睡意在这天缠住了某个神的躯体，曲起了他的双腿。

到了中午，一支支火把高举起来，助我逃避。
于是我相信，每晚，在我们双手合十，站在穿着

盛宴袍子的偶像前祈祷的时候，

　　桥拱、乌木房间和白铁皮想到火山便会自燃。

　　棕榈树！以及那些树根

　　苍老的温和！……信风、野鸽和那只在野外踯躅的雌猫

　　穿过苦涩的叶簇，在散发远古洪水香气的夕晖里，

　　一个个粉红的、翠绿的月亮，像芒果挂在叶簇之间。

　　　　　　　　　　　　＊

　　……此时舅舅们在轻声跟母亲说话。他们把马拴在门口。而家族掩映在生着羽毛的树下，绵延不绝。

1907 年

颂 歌

一

肉被当风烤着,酱汁正在调制,
烟气顺着道路升腾,追上路上的行者。
这时面颊肮脏的冥想者
从一个标刻着暴力诡计和喧嚣,
装饰着汗水的旧梦退出,
转向烤肉的香味。
他像一个拖着布品和
所有衣物散披头发的妇人
施施然走下坡来。

二

　　我曾喜欢一匹马——就是这匹吗？——它睁着额毛下的眼睛直视着我。

　　它两个翕动的鼻孔真是好看——还有每只眼睛上方那支楞的灵动耳朵。

　　它奔跑过后淌着汗水，一身闪闪发亮！

　　——我孩童的膝盖顶着它的腰腹，在上面印出一个个月牙……

　　我曾喜欢一匹马——就是这匹吗？——它有时朝它的各路神祇抬起一个强壮有力的头颅（因为一头牲畜更清楚夸赞我们的是什么力量）：

　　一个喷着粗气，犁刻着一叶柄静脉的头颅。

三

自豪的节奏打落了红色的忧郁。
乌龟像褐色的星星爬往海峡。
一些锚地做了个泊满孩童头颅的梦……

或许是一个目光平静面带笑容的男人,
默不作声,在眉毛完美飞翔的沉着翅翼下含笑的男人(他借道走私之海的路径,从屏立不动的睫毛边让所见器物折返……从屏立不动的睫毛边,
他不止一次应许我们上岛屿看看,
就像对一位比他年轻的人说:"你会看到的!"
其实正是他与船主串通了)。

四

蔚蓝！我们的牲畜挤出这声呼喊！

我一觉醒来，想着那被截短的多瘤的外壳包裹的阿尼布①黑果……好家伙啊！螃蟹吃光了一株生长软果的树。另一株树长满疤痕，树干上长出汁液充盈的花。还有一棵，不能伸手触碰，好像是请人做证，手一碰，那些斑点色片就下雨一样纷纷落下！……蚂蚁在地上来来往往。女人们在茼麻丛中独自笑着，人们把这些底部长黑紫斑点的黄花用作有角牲畜的泻药……性器官发出芬芳气味。汗液为自己开启一条清凉之路。一个孤独的男子把头埋在胳膊弯里。这些岸滩在一层又一层举行可笑婚礼的昆虫身下膨胀和崩塌。木桨在划桨人手上发芽。钩子上挂的一条活狗是吸引鲨鱼最好的诱饵……

---

① 阿尼布（Anibe），可能是土话中某种植物名称。

——我一觉醒来,想着阿尼布黑果;想着叶簇下面扎堆的花朵。

五

……而这一泓泓静水就是奶,
就是所有朝早晨的柔软寂静摊开的物质。

甲板在日出之前被梦幻中与晨曦斑斓一样的水洗濯,与天空做了一场美丽的交往。白昼可爱的童年,从带轮天帐的篷顶,径直降到我的歌里。

童年,我的爱,难道它只是这样?……

童年,我的爱……这眼睛与爱恋自如的双环……
它是那么恬静,又是那么温馨,
它还是那么绵延不绝,
以至于它竟奇怪地待在那儿,双手掺和着白昼的便利……

童年,我的爱!它只在于顺从……可那时我说过这话吗?在老病不治之时,

我甚至不再愿意留下那些要在早晨青翠的寂静中抖动的床单。可那时我说过这话吗?它只应

像旧绳一样使用……可这颗心,这颗心,却还在那儿,在甲板上艰难地行走,比擦甲板的旧麻线拖把还卑微,还孤僻,

还衰弱……

六

而一些别的时刻,轮到它们上甲板透气,

因而我仍然恳求,大家不要张挂帆篷……至于这盏风灯,你们可以将它熄灭……

童年,我的爱!这就是早晨,这就是

一些求人的甜蜜话语,和对唱歌的仇恨,

像在唇上颤抖的羞怯一样温和,是一些侧过身子来讲述的事情。

哦,温和的事情,求人的话语,就像男人同意向臣服之人折弯粗野灵魂时发出的温和声音……

此刻我问您一句话,早晨,一种呼吸的自如,

白昼积极进取的童年,像拉长眼睛的歌一样温和,难道不是吗?

七

我们指甲的斜坡上有一角变青的天空。大火熊熊燃烧的地方白昼会变得燠热。现在与之相似的事:

是往猩红色深坑下一场雪子,那是一些快乐的水牛践踏的渊薮(啊,快乐如果不是由光明带来那就是无可解释的快乐!)。在海上的病人

将吩咐停船以便让医生能给他听诊。

那时船艉的人将无所事事,寂静复又涌上我们额头……一只鸟跟着我们,从上空俯冲下来,它像冈比西斯①一样野蛮,又像亚哈随鲁②一样温和,避开桅杆,从船舶上方掠过,朝我们亮出鸽子的粉红爪子……最年轻的旅行者侧坐在船栏上,"我愿跟你们说说海底的源泉……"(有人请他开讲)

——此时船舶投射出一个蓝绿色的影子。那影子

---

① 指冈比西斯二世,他是居鲁士大帝的长子,阿契美尼德王朝第二任皇帝。
② 《圣经·旧约》以及一些次经和伪经里提到的波斯国王,可能指泽克西斯一世。

安详,明智,为葡萄糖所侵入。那些像主旋律游向长歌的鱼儿

　　闪闪避避灵动成群

　　在葡萄糖里穿行。

　　……而我,精神饱满,身体健康,看见这一幕,就走到病人身旁,讲给他听:

　　而他却恨起我来了。

八

把朝海的门廊给批发商,把屋顶给年鉴编著人!……但是,把泊在红葡萄酒小港湾深处的帆船给另一个,还有那个气味!那种渴望得到枯木,让人想到太阳斑点,想到天文学家,想到死亡的气味……

——这条船属于我们,我的童年不曾完结。

我见过许多种鱼,有人教我怎样称呼它们。我见过许多别的物种,现在只能在大海见到它们;还见过一些别的已经死亡的东西,见过一些被人编造的事情……

不管是所罗门①的孔雀,还是哈斯②们挂军刀的肩带上描绘的花,抑或莫克特祖马③在众神铜像前以人肉喂食的豹猫,

---

① 公元前 970 到公元前 931 年的以色列王。
② 埃塞俄比亚第二高的荣誉衔头,仅次于内古斯。
③ 公元 1440 到 1469 年的阿兹特克人皇帝。

都未上色。

这条在灌木丛中生长的鱼,高高跃过船帮,为的是让我正打哈欠的年轻母亲开一开心。

……一些在红葡萄酒小港湾深处腐朽的树木。

九

……哦,结束吧!倘若你们仍
打算登陆,那我就乐意告诉你们,
我将在你们眼皮下跳下来,缩在那儿。

帆冷冷地说了一句,就落下来。有什么办法呢?
狗跃到水里,绕着小艇打圈。
妥协吧!就像听它说的那样。

……你们解不解开小艇,
或仍打算不打算洗浴,
于我都一样。

……我反正在帆布捆子里,默默地想着水的
亲密。
去吧,那里编织的是一个美丽的故事。
——哦,静默延长了音符,韵味悠长!

……可跟你们说话的我,什么也不知道,

因为我既不与被收帆结捆,横绑船上,顺着我们的边缘,

有着大脑一般颜色的易怒的大帆一样强大,又不与它一样赤裸。

……行动,额头的节庆,脖颈的节庆!……

还有这些呼叫,还有这些静默!还有这些旅次中的新闻,这些由潮水传达的信息。啊,白日的祭奠!……而捆在那里的船帆,那艰难的伟大灵魂,那不寻常的帆,那热情的启示,就像一边脸颊在这里出现……哦,

一股股气流!……真的,我住在一个神灵的咽部。

十

为了把黄牛和公骡赶下船,

人们从船上把这些青铜浇铸涂着树脂的神像扔进水里。

水夸赞它们!迸涌而出!

我们举着木条当火炬,眼睛紧盯着那些额头上的星星,在码头上等待它们。全部被剥夺的民众都在那里,或者穿着耀眼的华服,或者穿着朴素的衣装。

十一

像抽底片

有人往仓库牵引大块软软的金属板：冷漠的、颤晃的板子从天空倾下来，形成一面斜坡。

置身于阴处观看，否则，什么也看不到。

城市因怨气而变成黄色。太阳把雷霆的争吵抛进港湾。一只装油炸食品的坛罐滚向粗糙不平的街头。街的另一头

隆起，在坟墓的尘埃中变得驯服。

（因为墓地在那儿，在那么高的地方，在洞开着一间间房子，种着一棵棵像鹤鸵背的树木的浮石山腰上俯临街市。）

十二

我们有个僧侣,有点儿石灰。
我看见一个焊工营地火光闪耀……

——死于灾难的人,如被剥皮的畜生,

装在经碧水围堵的大街,从市府返回的名流显贵抬着的那些锌皮盒子里(印着毛虫背一样花纹的旗帜啊,一段悬吊在一些金色流苏上的黑色童年!)

暂时堆放在被遮盖的市场广场:

那里,站着一个黑佬

而且活着

而且罩着一个散发出大米香气的旧口袋,

一个头发像黑绵羊毛,变得先知一样高大的黑佬,准备在一个海螺壳里喊话,——这时布满小球状云朵的天空通告:

傍晚又一场地震将临。

十三

鱼头在身子肿胀,

一身青紫,肚皮爆裂的猫的乳头间冷笑?——鱼鳞色的猫毛可怜巴巴地黏贴着身子,

就像一个身骨瘦小哀朽不堪的老小姐噘着麻风病人苍白两手间的一绺毛发。

粉红色的母狗拖着它肉感的全部乳房,就像穷人垂着他乱蓬蓬的胡须。卖糖果的女商贩

扑打着

像日头叮蜇海背一样飞来的马蜂。一个孩童看着这一幕:

场景是如此美,

他不再能够合上指头……可是被人喝过扔在那儿的椰果,摆脱肩膀发出叫喊的瞎眼头颅,

绕开了小排水沟

绛红色的水混合着油污与尿液,真是壮观:肥皂在水面漂浮,像在蜘蛛网上鼓荡。

在肉红玉髓铺就的大马路上,一个姑娘穿着盛装,就像是吕底亚国的君主。

十四

汁液无声地流淌,来到树叶单薄的边岸。

喏,这是一角草黄色的天空,从这里,抡圆臂膀投掷,哦,投掷火把!

至于本人,我缩回双脚,

哦,我的朋友,你们在我不熟悉的什么地方?……你们不也会看到这一幕吗?……一些发出噼啪响声的避风港,千万顷软铜的美丽水面,正午那铙钹的粉碎机洞穿其中的热力……哦,正是时候,

在被加热的城市,在发黏的院子深处,在泼了凉水的葡萄棚下,水在被正午精力充沛的玫瑰

染成紫色的池子里流动……裸露无遮的水与一个梦的浆液相似。而做梦者就睡在那里,把那只作战的金眼拴系在顶棚……

而从神父们的学校回家的孩子,沿着发出热面包香气的亲切屋墙行走的多情儿童,绕过比卖鱼的吆喝

声更喧闹的荒无人迹的海面,在街道当头观望。在粉刷着色的白铁矿码头,装糖的大木桶正在大幅倾倒煤油。

一些搬运剥了皮的动物尸体的黑人苦力,跪在模范肉店的陶砖地上,发出一声哦嗬,卸下背负的骨头,

青铜市场这座喧嚣的高屋里吊着一条条鱼,在它的圆形广场上,听得到铁皮围棚里有人唱歌,一个身穿黄色棉布衣,脸上无须的男人发出一声叫喊:我是天主!一些旁人则说:他是疯子!

另一个人,被杀戮的爱好所侵袭,带着粉红、青绿和靛蓝的三颗毒丸,开始朝水塔行走。

至于我,缩回了双脚。

十五

　　童年,我的爱,我也曾喜欢傍晚:这是出门的时刻。

　　我们的保姆钻进裙袍的花冠……我们紧贴着百叶窗,顶着结冰的发辫,看见

　　她们光溜溜的,赤裸裸的,把软软的裙袍圈举到臂端。

　　我们的母亲夹几叶拉莉太太芳草,一身喷香,就要下楼了……她们的颈项优美。走吧,你在前面,去通告:我母亲最美!——我已经听到

　　上浆的裙布

　　在卧室拖出的轻微雷声……而房子哩!房子?……我们从房子出来了!

　　就是老人也羡慕我手里有一对豆铃,

　　发出如豌豆藤一样的吉兰迪纳①或姆居姆②的

---

① 吉兰迪纳(guilandine),疑为土话中某种植物名。
② 姆居姆(mucume),疑为土语某种植物名。

响声。

　　乡里上年纪的人抽把椅子坐在院子里，饮脓液一般颜色的潘趣酒。

十六

……乡里上年纪的人最早起床,
推开百叶窗,望天,望变幻颜色的海,
望岛,说从黎明的天光来看,今天会是个晴天丽日。

很快就是白昼!屋顶的铁皮在焦虑中点燃,锚地被交给不适,天空被交给热情,写故事的人则冲进了前夜!

岛屿之间的海淫荡得一片粉红,其快乐是有待讨论的题材;有人中彩得了铜手镯,因此感到过快乐。
一些儿童在海边奔跑!一些马在海边奔跑!……百万儿童戴着他们像伞形花的睫毛……游泳者
一条腿泡在温水里,另一条腿压着一股冷流;那些千日红,苎麻,
开绿花的铁苋菜和那些茂密的镜面草,古老屋墙

的胡须在屋顶上,

在天沟边疯狂,

因为在变蓝的群岛锚地,刮起一股年内最凉的风。

它一直刮过那些微露出海面的浅平礁石和我们的房子,直扑老人的襟怀,

穿过布料的挡风港,抵达两乳间长满胸毛的地方。

于是白昼被割破,而世界还没如此老成,

会蓦然发笑……

*

这时咖啡的香气从楼梯飘上来。

十七

"等您给我理完发,我就结束对您的仇恨。"
孩子希望我在门口给他梳发。
"别这样扯我的头发。迫不得已让人碰我,这已经够可以了。您再要给我理发,我可要恨您了。"

这时白昼的智慧化身为一株优美的树,
而摇曳的树把一小撮鸟
输给天上的潟湖,
却剥出一片那么美丽,比水臭虫还绿的绿色。

"别把我的头发扯这么远。"

十八

现在放开我,让我独自走。

我将出门,因为我有事:一只昆虫在等我治病。我乐于

睁大眼睛观察它身体的各个面:它有棱有角,出人意料,像柏树果子。

或者我与呈现蓝色脉纹的石头有个联姻:而你们也同样

让我坐在两膝的友情之中。

1908 年

国王们的光荣

朗诵给一位王后的颂词

一

"肥硕蛆虫爬过一个默默吞咽唾液的
好战民族的欲望,作为蛆虫们的高等避难所,
王后啊!请打破你眼睛的外壳,
宣布外壳它长在你的肩膀
王后啊,请打破你眼睛的外壳,对我们友好,王后啊,请接受
一个大胆的愿望:让我们这些年轻人,光身子在你面前洗浴,
就当是一场涂油的游戏!"

*

——可是谁知道从哪儿进入她的芳心?

二

"我并未屈指数她的头衔,但我说了
抹着胭脂树红的王后啊!有着树皮颜色的颀长躯体,像张祭台,
又像我的法律案台的躯体啊!
阿姊!比河流背面更平静的人儿啊,
我们吹嘘要用一绺华美的黄褐色鬃毛装饰你被遮盖的胸肋,
而大使却梦想她
穿着最美丽的裙袍上路!"

*

——可是谁知道从哪儿进入她的芳心?

三

"此外我移动像两条很有才赋的母狗一样的眼睛，说：

正襟端坐的女子啊，稳重的女人啊！你宽大而温和的手

像棕榈的重负压着你自在的双腿；

你锃亮的双膝之盾，在这里那里闪光，翻卷；

任何果实都不愿挂上那从肚脐上方封盖的不孕之腹，

除非是我们的头颅，通过不知

哪根秘密的果柄！"

*

——可是谁知道从哪儿进入她的芳心？

四

"而且我像一旁的年轻人游目四顾,还说:

……胖得正好的王后啊,请抬起

你这条压着那另一条的大腿;由此把你的体香送过来;

和暖啊温润啊,稍稍的潮湿和甘甜啊,

据说你要剥夺我们

关于一片胡椒地和长着柴灰树的沙滩以及关于育龄期荬果

和带麝香腺囊动物的火辣回忆!"

*

——可是谁知道从哪儿进入她的芳心?

五

"唉,你是不可或缺的!且独一无二!……你王国的安全有可能

完全取决于这腹上的三道褶皱:

你要么保持不动,并且让我们信赖你,要么就拦阻我们对夜晚的担心!

人心果在乳香气味中选定活动的枝叶,

太阳有花与黄金来装饰你洗干净的肩膀,

而主宰潮汐的月亮,法定的王后啊,

亦是你盛大月经仪式的支配者!"

*

——可是谁知道从哪儿进入她的芳心?

君主的友谊

一

你，我们中间的小鼻孔男人，你更瘦，没法栖停在神灵的刃口。太瘦的人啊！精明的人啊！君主以你的裁决裹身，就像一株树扎小绷带保温。

在陆地大旱的傍晚，当旅行的人类在路上背靠一些巨瓮，讨论神灵的事情，我听见世界这边的人在议论你，他们的颂扬可不菲薄：

"……你吸取大地的气息，周边汇聚着最为丰富的征兆信号，闲聊的不是这样的前提，就是那样的分歧！头戴羽饰的君主啊，就像草尖上顶着花朵的茎秆（鸟在上面栖停，然后飞走，留下那样的一阵摇颤……喏，君主啊！你本人在荒谬中就是这样，就像一个个子高挑的傻姑娘，顶着优雅，在出生的气息中哄自己……），

"顶着羽饰和看不见的梦兆的君主啊，你且顺从大地的气息，头戴羽冠的君主啊，我说这番话，就像鸟唱出它出生的信号。我说这番话，你听这番话吧：

"你是治病者,又是陪审官,还是精神泉源的巫师!因为你洞悉人心的能力是一件奇特的事情,因为你在我们中间很轻松自在。

"我在你额上看到了印记。我观察你在我们中间承担的角色。请你在我们中间抬起面孔,保持不动;你在我们的眼睛里看到你的面孔,知道你是什么种族:你的种族毫不虚弱,而是强大的。

"我还要对你说这番话:太迷人的男人啊,不习惯在我们中间的人啊,要背离我们的人啊!有件事是确凿无疑的,我们带着你目光的印章;你一个太大的需求,把我们圈系在你呼吸的地方,可是我们却未享受与你在一起的更大福利……你在我们中间可以沉默,如果这是你的性格;或者你还可以决定你独自前行,如果这是你的性格;我们只要求你在我们中间(现在你知道自己属于什么种族了)……"

*

——我说的是国王,我们夜聊中的荣耀,无名哲人的光荣。

二

他们就这样闲谈与议论，树立他的名声。而一些别的声音也响起来，讲述他的为人：

"……他是我们中间一个很低调的人；城府很深；律己甚严，少言寡语，从不放任自流，但是性子很急，

"游荡于人声鼎沸的厅堂，在灵魂的最高处煽动巨大的纷争……黎明时平静下来，变得审慎，在牛马鼻孔里捉住一只战栗的隐形虫子……不久，或许在白昼，两手空空，前去享受一些内脏的香气，并用白日的乳汁喂养其清晰的思想……

"中午，作为一个劫夺者，在水池出口，他热渴得像是汲水的坛瓮，迫不及待地抓住一些清凉姑娘的手……今晚他在广阔赤裸的地段行走，夜里他为我们那些啖食成熟无花果的蝙蝠，唱他最动听的君王之歌……"

他们就这样闲谈与议论。一些别的声音响起来，讲述他的为人：

"……嘴巴永远对灵魂的树叶闭紧！……有人说

他身体瘦弱，摒弃御榻上富足的享乐，却在简陋的卧席上与我们最苗条的姑娘们频频厮混，他的生活远离了疯狂王后的荒淫放浪（王后被心中的情欲如被腹中的春潮纠缠）；有时脸上戴一块裙裾回来，他盘问自己清晰而审慎的思想，以及一些处在可怕腐败边缘的骚人墨客……别的一些人看见他置身光亮中，专注于自己的呼吸，就像一个密切注意洞穴里一窝马蜂的人；或者看见他坐在树荫里，就像对着半轮月亮说话的那个人：'我在守夜，睡意全无。叫人把最古老家谱中的那本书送来。要不历史书也行。我喜欢闻那些山羊皮大书的气味（可我全无睡意）。'

"……顶着额头上的印记，睫毛带着经久不退的阴影，胡须上扑了智慧的花粉，君主就这样坐在香气四溢的紫红木椅上守夜，被蜜蜂嗡嗡飞来嗅闻。守夜是他的职责。他在我们中间，再没别的事儿。"

他们就这样闲谈与议论，奠定他名声的座基。而我呢，集结我的母骡，进入他的领地，一个红土国度。我有一些礼物要送给他，还有不止一句静默的话语。

*

——我说的是国王，我们夜聊中的荣耀，无名哲人的光荣。

三

我每个季节回来,拳头上站着一只饶舌的绿鸟。寡言君主的朋友。而我的到来已对江河的嘴巴作了通告。他让海滨的居民给我送来一封书信:

"君主的友谊!请你加快步履……他的财富可以与人分享。还有他的信任,以及他一款特别喜爱的菜肴……每一季,我都会在潮水最高的时刻等你,因为我向沿江沿海的民众问询了你的出行计划……战争,贸易,偿付宗教债务通常是出远门的原因:可你却乐于做没有来由的远行。我了解这种精神折磨。我会指出你痛苦的根由。加快你的步履吧。

"如果你的学问仍有长进,这也是我打算查核的一件事情。正如发现路边树上有蜜蜂巢的人有权得到巢里的蜂蜜,我将采集你的智慧之果;我会珍视你的意见与建议。在大地干旱季节的夜晚,我们将一起聊些精神的事情。一些有根据的或者不怎么确定的事情。我们将享有精神上的贪婪。但是从一个阶层到另一个阶层,路途是何其遥远;再说我在别处还有事情要办。加快你的步履吧!我在此恭候大驾!……请走沼泽与樟树林这边的大路。"

这是他的信札。是一个智者的文字。下面是我的复函:

"荣耀属于君主的名字!人类的命运晦暗不明。但是某些人却表现得杰出超群。在大地干旱季节的晚上,我听见世界这边的人谈论你,他们对你的赞颂可不菲薄。你的名字有如一株大树的阴影。我对路途上的尘埃之人提起你的大名;他们顿觉神清气爽如沐凉风。

"下面是我还要对你说的话:

"我拜悉了大札。也收下你的友谊,与馈赠的香叶礼品。我的心为之欢畅。正如西北风将海水深深地推入江河(以至于得跋涉到上游汲取饮用水),一种同样的幸运将我一直引到你的身边。我会咀嚼让人兴奋的树叶,加快旅行的步伐。"

这是人在旅途的我的回信。这期间他在门口的阴处将我等候……

*

——我说的是国王,我们夜聊中的荣耀,无名哲人的光荣。

四

……在枯燥乏味的昆虫喧嚣声中,他坐在家门口的阴处。(谁又会央求人家止息这树叶下的颂扬声?)他在门口并非默默无语,不如说逸兴遄飞,妙语连珠,而且听到一句笑话,亦会开颜,

他坐着,听取有益的建议,参与门口的游戏,顶着头帕获取智慧与善意(现在轮到他来摇骰子,掷小骨或者小球了):

这就是向晚时分我在他家门口,在高高的铜盂之间撞见他的情形。瞧,他已经站起来了!他站立着,因为承接祖先遗产,养育诸王后的婴儿而负担沉重。他全身披满金饰来迎接我,真的,他步下一级台阶,两级,也许三级四级,说着:"我的旅行人啊……"我不是看见他开始迎面朝我走吗?这当口一群文人,还有一只微笑的白鹭把我一直引到他面前。

这期间女人们收拾好了小骨或骰子等博彩器具:"明日我们再聊你为何事来这里。"

接下来随行人员也都到了，一一安顿好，洗濯完毕，交给女人们照料过夜，"大伙儿小心点，别饿虎归山，折腾太猛……"，

我们还没熟悉环境，夜色就已降临。野兽在我们当中哞哞直叫。一条长道穿过大片空地，直抵我们房间门口。还有一些小径也将它们的清凉向我们开放。草尖上掠过一阵骚动。一群蜜蜂离开窠巢，去寻找仍浴着夕晖的更高的树。我们取下头上的顶戴，女人们也都将秀发绾在头顶。暮色中声音清晰可闻。世间所有寂静的道路都敞开着。我们踩倒了一些产油的植物。河面浮满泡沫，暮光里到处昆虫鸟类的翅膀。天空像甘薯一般粉红。不存在行动或计算问题，可是虚弱侵蚀了最最强健的肢体。在比此时更为空阔的时刻，我们也不曾遇到这种情形……

那些白土或者板岩之国地处遥远。而低等文明的人则在山间流浪。于是国家得到管理……在他的屋顶下灯火明亮。

*

——我说的是国王，我们夜聊中的荣耀，无名哲人的光荣。

摄政王的故事

你胜了！你胜了！血真是美啊，还有
那只用拇指与食指擦拭一把刀剑的手！……
这是
几个月以前的事了。那时天气燠热。我记起一些拎着绿鸟笼逃离的女子；一些出言嘲讽的残疾人；战败于当地最大湖泊的一些温顺人……；骑匹独眼雌骆驼在绿篱后面狂奔的预言家……

整整一个夜晚，我们都在火堆周围搬运摆放
那些最善用长笛与三角琴编歌的人。

一堆堆木柴承载着人的尸体烧塌了，化为灰烬。而国王们就在死亡的气味里裸身入睡。待到兄弟们的
尸灰冷却下来，
我们就捡拾出白色的骨殖，喏，
放在这纯净的葡萄酒里浸泡。

事前推定的歌

我礼敬活着的人,我的面孔出现在你们中间。
我右边有个人在他的灵魂声音中说话,
还有一个在登船,
骑士拄着他的长枪喝水。
(在他家门口,请把老人上了漆的椅子移到阴处。)

*

我礼敬活着的人,我的恩典落在你们中间。
请告诉女人让她们养育,
在陆地养育那细细的一缕云烟……
而男人在梦中行走,朝着大海前进,
那缕云烟就在他的海岬尽头升起。

*

我礼敬活着的人,我匆忙加入你们中间。

嚯！狗狗们，我的狗狗，我们朝你们发出哨声……

只要想到：世上的所有道路，都把我们抓在手上吞吃，

那么装载着荣耀的房子，和树叶间发黄的年岁，

在人心里都算不上什么要紧东西！

摇篮曲

头生女——是黄鹂的时刻,
头生女——小米开花了,
厨房里那么多笛子……
可是大人物心里愁苦
因为他们只生了女儿。

战士们将集结一堂
露天座集合那么多学问……
头生女,人民的烦愁。
诸神在蓄水池悄声商议,
女人们在厨房里闭嘴不言。

她让教士与他们的女儿觉得为难,
让掌玺大臣衙门的诸公感到不安
而天文学家的计算是:
"你们打算干扰秩序,打乱排位?"

这是有待改正的错误。

原本喝的是早早断奶的王后的乳汁
现在去喝早早奉上的大戟浆汁,
你们不再就蜂蜜与小米,
和活人的木碗,
对大人物撇嘴……

驴倌在墙裙下哭泣,
一手托黄鹂,一手握蝉
"我的漂亮笼子,我的漂亮笼子,
还有我山羊皮袋里的雪,
啊!为谁哭呢,为大人物的闺女?"

*

她被涂上防腐香料,在金盆里洗濯,
用黑石装殓放入坟,
没有龙舌兰,没有风和日丽的晴天,
只有这些蛐蛐笼子,
和国王们无聊的太阳。

驴倌离去了,国王过来了!

"叫人来粉刷房间,色调要明艳!
在王后们额头插上雄性的花朵……"
黄鹂说,我做了这个梦,
梦见上百个低龄的王后。

哭吧,驴倌,唱吧,黄鹂,
封闭在坛坛瓮瓮里的众女儿
犹如浸泡在蜜汁里的蝉,
厨房里笛子死寂了,
还有露天座那么多的学问。

*

只有一个梦,只有一只山羊羔
——女儿与山羊羔喝的是同一种奶——
只有一个老女人的爱。
她的金色紧身裤归了教士,
她的白色胸衣给了老女人。

太老的女人在阳台
照看她的藤摇篮,
她后来在大晴天
死于绿色黏土的郊外。

"唱吧,国王们啊,儿子们要诞生!"

在粗面粉一样白的厅堂,
管家在摆放他的泥土面包。
秩序在重要典籍里得到恢复。
至于黄鹂和山羊羔,
你们看见了厨房主管。

远征

歌

一匹马驹在青铜色的枝叶下出生。一个男子把一些苦涩的浆果捧放在我们手中。异乡人。他曾路过。可是现在有声音说另一些省份合我心意……"我的女儿啊,在最高的岁月之树下,我向你致礼。"

*

因为太阳进入狮子座并且异乡人把手指探进了死人口里。异乡人。他曾欢笑。现在他向我们说起一处草地。啊!外省轻风吹荡,我们一路上是多么自在!让喇叭成为我的欢乐,愿羽毛善于表达翅膀的牢骚!……"高大的女儿,我的宝贝啊,你当初的神态可不像我们今天这样。"

*

一匹马驹降生在青铜色的枝叶下。一个男人把这些苦涩的浆果捧放在我们手中。异乡人。他曾路过。

现在从一株青铜色的树里传出喧响。沥青与玫瑰,歌的献礼,室内响起雷鸣与笛声!啊!我们一路上是多么自在。啊!今年发生了这么多的故事。还有风尘仆仆要踏遍人寰的异乡人!……"向你致礼,我的女儿,你穿着最俏丽的年华之袍。"

远征

一

有幸在三大季节上面定居,我在土地上立下我的法规,我为这方土地精心占卜。

早晨的纹章绚丽多彩,大海亦是壮丽无比。没有巴旦杏的大地任我们的骏马驰骋,

对我们而言等于澄碧无染的玉宇。太阳虽未经任命,其威力却已达到我们之中。

而清晨的大海恰似精神的自负,傲视万物。

威力呵,你在我们的夜行路上高歌!……在清晨单纯的雅罗鱼中,我们对梦,我们的长子身份知道些什么?

还有一年和你们在一起!粮店掌柜、盐铺老板,以及有关公平交易的公共事务!

我绝不合手作喇叭呼唤彼岸的人。我绝不用珊瑚粉在斜坡上

划定城市的阔大街区。但我打算生活在你们

中间。

一切光荣给予营帐门口！我的力量在你们中间！而如盐一般纯洁的观念在白日召开其会议。

*

……然而我经常出入你们梦中的城市，而且在冷清的市场商定我灵魂的纯粹交易。

在你们当中，我的灵魂不可见但频繁出没，宛如风中燃烧的荆棘火。

威力啊，你在我们壮丽的路上高歌！……"思想的每支投枪都应领略盐的乐趣……我将用盐把欲望麻木的嘴激活！

"谁从未在沙漠里用帽盔取水来饮因而赞颂干渴，

"在灵魂的交易中，我信他不过……"（太阳虽未经任命，其威力却已达到我们之中。）

人啊，尘土捏出的形形色色的人，做买卖的人，无所事事的人，边疆的人和外乡人，哦，在这些地方的记忆中无足轻重的人，山谷、高原和通向我们河岸的世界最高坡的人；嗅出征兆、探寻根由和在西方倾听轻风喃喃低语的人，道路和季节的追寻者，拂晓微风中的拔营人；哦，在地球表层寻找水眼的人，哦，

探索者,哦,找到理由远走他乡的人,

这当口,你们可别贩卖更咸的盐,早晨,在王国和高悬于人间烟气之上的死水的先兆里,响起流放的鼓点,它在边界催醒

朝沙漠打哈欠的永恒。

*

……穿着洁净的袍子在你们中间。在你们中间还有一年。"我的光荣在海上,我的力量在你们当中!

"他乡岸滩的这股轻风被许给我们的命运。而且,它把时间的种子带往彼世,把最强的世纪之光送到天平梁……"

数学在盐的浮冰上暂停!在我额头的敏感点,诗的安身处,我记下这首让一整个民族成为最兴奋民族的歌,

把不朽的船体拖上我们的船台!

二

一片沉寂笼罩着经常被造访的国度,正午常被蝗虫骚扰的国度。

我行走,你们行走在高坡的国度。高坡上丛生着蜜蜂花植物,晾晒着贵人们的衣裳。

我们跨过王后的裙袍。它镶了两条灰褐色的花边(啊!但愿女人酸性的肉体会弄脏裙服的腋部!)。

我们迈过她女儿的裙服。它镶着两条艳丽的花边(啊!但愿蜥蜴的舌头会在裙服腋部舔食蚂蚁!)。

若是同一个男人不同时热恋上一对母女,白日或许不会流逝。

死者们见惯世事的笑声。愿人们帮我们把这些果子去皮!……怎么?难道躺在这野玫瑰下面,就不再对人间施恩了?

一场紫色大灾难,从世界的那边来到海上。起风了。海风。于是晾着的衣裙

一吹而散!宛若一个神甫被碎尸万段……

三

男人出门收获大麦。刚才不知哪个强汉在我屋顶上说话。于是这些国王坐在我家门口。大使也与国王们同桌进餐。(愿大家用我的谷物供食于他们!)度量衡检查官沿浩荡的大河而下,胡须上沾满

  昆虫残骸和麦秆碎屑。

滚吧!太阳,我们为你而惊愕!你竟对我们说了那样的谎话!……挑起混乱和纷争的家伙!靠辱骂和吵闹为生的投石党①。啊!你把我的眼球砸裂吧!在石灰慷慨的关照下,我的心快活得喳喳直叫。鸟儿唱着,"哦,老年!……"江水在河床上奔流如同妇人的呼喊,这个世界美得胜过

  一张染红的公羊皮!

---

① 法国历史上反对政坛实权派红衣主教马扎兰和王太后奥地利的安娜的运动,因参加者用石头做武器攻击宫廷卫队,故得此名。此处指挑起混乱与纷争的太阳。

啊！我们墙头这些枝叶的历史更为悠久，而泉水比在梦中还要纯净。谢天谢地，让它不是梦幻的恩典已经给予！我的灵魂充满谎言，一如志在雄辩而敏捷有力的大海！浓烈的气味包围着我。于是对事物的真实生出疑惑。不过若是有一人把忧愁当成乐事，那就把他带到光天化日下示众！我的意见是把他杀了，否则

将有一场暴动。

更明确地说：雄辩家！我们告知你我们不可估价的利益，海峡间犯有过失的海水不曾见识更偏狭的裁决人！因某种葡萄酒而兴奋的汉子，揣着愤世的、如同叮满苍蝇的糕点响着一片嗡嗡之声的心，开始说出这番话语："……玫瑰，大红的快乐：它是我欲望的广阔大地，谁要在今晚给它划定界限？……它是哲人心里的暴力，谁要在今晚给它圈出范围？……"于是某人，某人之子，穷汉

前来接掌管理征兆与梦幻的权力。

"开辟条条大道，让任何种族的人行走其上，露出那脚跟的黄色：君王、大臣、扁桃体发炎声音嘶哑

的统领,曾经干过大事的人,在梦中瞧见这瞧见那的人……神甫提呈了禁止妇女喜爱畜性的法案。语法学家选定露天的辩论地点。裁缝把一件富丽华贵的天鹅绒新衣挂在一株老树上。染上淋病的汉子在净水中洗涤内衣。有人烧焦了弱畜的脊肉,那气味直扑坐在桨位上的水手:

他觉得香喷喷的。"

男人出门收获大麦。浓烈的气味包围着我。比贾巴尔更纯净的水 ① 奏出别一个时代之音……在不毛之年的长白昼,赞颂着青草离离的大地。不知哪个强汉在步我后尘。埋在沙土、尿液和土盐之下的死人,如今变得如同糠秕,米粒已给飞鸟啄食。而我的灵魂,我的灵魂夜间在死亡的门口大声值夜——但请告诉君王请他息声:我们之中用长矛尖挑着的

那具马的头骨!

---

① 诗人可能在此玩了个文字游戏:印度有个城市名贾巴尔普 Jabalpur,后三个字母与法文 pur(纯净)同音,故诗人说比贾巴尔更纯净。

四

兴建城市——这是世界发展的趋势,对此我只置赞词。石头与青铜。破晓时分,堆堆荆棘之火
照出那些
巨大而光滑如庙堂和公厕基础的青石。
于是被我们的烟气侵袭的航海者发现,大陆从低谷直到山巅,旧貌换了新颜(从海面看到大规模的烧土肥田和山区那些蓄水工程)。

城市就这样建成,并在清晨取一个清脆悦耳的好名称。山岗上的营帐撤走了!我们站在木廊上,
光头赤脚观赏世界的新气象。
有什么值得笑呢?究竟有什么值得笑呢?当我们在座位上,看到一群姑娘和母骡下船,有什么值得笑呢?
可是,对于从拂晓起就聚在帆下的那大群人,又该评说什么?——面粉运到了!……天空的白孔雀下

面，一艘艘高过伊利翁城①的大船，驶过港外的沙洲，泊在

　　漂着一头驴尸的死角。(这是对这条晦暗的、浑黄污浊、命运不佳的河流的评价。)

　　听到彼岸清脆的巨响，铁匠们便生起炉火！几声鞭响，一堆堆未关闭的不幸被卸在新街上。哦，母骡，我们铜马刀下面的黑影！四个犟脑袋被一个拳结拴住，宛如蓝天下一朵活动的伞形花。要盖房的人在一株树下站住，脑子里冒出选择屋基地的主意。他们告诉我房子的朝向和用途：当街的一面与背街的一面，红土长廊，黑石前厅，光线柔和的泳池配上书房，十分阴凉的房子用来放置药品。接着走来了吹着手里钥匙串的银行家。街上已有一条汉子独自吟唱，是那类额前画着神符的人。(在这个垃圾成堆的地段，永远响着蚊蝇的嗡嗡声音！)……这可不是跟你们讲述我们与彼岸人的结盟，用羊皮囊奉上的水，骑兵参加港务工程的津贴，和用鱼币支付俸禄钱的王公们的地方。(一个孩子一副愁容，如同失去至亲的悲伤猴子——其姊姊倒是美貌异常——向我们兜售一只养在

―――――――
① 即希腊神话中的特洛亚城。

玫瑰红缎鞋里的鹌鹑。)

　　……孤独啊！一只硕大海鸟产的青卵，清晨堆满了金黄色柠檬的海湾！——这是昨日！大鸟一去不返！

　　明朝是节庆。欢歌笑语。林荫大道两旁栽种着结荚果的树，街道清洁站一大早就清除了大堆棕榈树的枯枝败叶……明朝是节庆，

　　要选举港区行政官，还要去郊外练唱，暴雨在湿热的空气里酝酿。

　　黄色的城市罩着阴影，家家窗口晾出姑娘的短衬裤。

*

　　……到了太阴三月，在山顶守望的人便卷起铺盖。有人吩咐把一具女尸送到沙地焚化。有个男人朝大漠入口走来——他子承父业：是个香水商贩。

五

为我牵挂远方事务的灵魂,城市的百盏灯火被狗吠拨亮……

孤独啊!我们怪诞的支持者夸赞我们的举止,可是我们的思想早已在别的墙下宿营:

"我未命令任何人等待……我对你们又恨又疼爱……而对你们采自我们的那支歌,又该说些什么?……"

统率通往死海的一幅幅图像的猫头鹰①啊,何处可觅得将洗濯我们眼睛的夜水?

孤独啊!……大群星星移向天边,把伙房里一颗家养的星星也纳入其中。

天上结盟的君王在我屋顶上作战。而作为高处的主宰,它们在上面派哨设岗。

让我独自一人,在唇枪舌剑的王公之间,在流星陨雨里挟夜的气息出行!……

---

① 猫头鹰原文为 duc,亦有公爵之意。

灵魂悄悄地与死女人的沥青黏合！我们的眼帘被针线缝合！我们睫毛下的期待受到夸奖！

黑夜挤出自己的乳汁，但愿大家对此有所提防！给浪子的双唇抹一指蜂蜜：

"……女人的果实，哦，示巴①女人！……"我露出最不审慎的灵魂，被夜晚的臭气熏得恶心。

我在思想中抗议梦幻的活动；我将在早晨寡淡的气味中，乘飞雁离去！……

——啊！当星辰冒险巡视女仆们居住的街区时，我们可知道那么多的新长矛

早已在沙漠寻求夏日的水玻璃？"黎明，你曾述说……"死海岸边的净水！

在无边的季节赤身而卧的人在地上成群而起，——成群而起，又同声宣称

这世界多么荒诞！……在昏黄的光亮中，老人眨巴眼皮，女人俯身抚弄指甲；

一身黏糊糊的马驹把有须的下巴伸到孩子手里，孩子尚未想到把它一只眼睛戳瞎……

"孤独啊！我未命令任何人等待……一旦我愿意，就从那里离去……"——于是周身上下

---

① 公元前 8 世纪至公元前 6 世纪的阿拉伯古国，在也门境内。

穿着他的新思想的异乡人在沉默的路上又得到一些支持者:他眼中噙满唾液,

身上不再有人的实体。大地乘自己有翼的种子飘游,正如诗人凭自己的话语游历……

六

在当今伟大的军政府之中,我们是全能的。携同我们身着轻似微风的衣裳,香气袭人的姑娘,

我们在高贵之地设下捕捉幸福的圈套。

富庶、舒适和幸福!我们的玻璃杯盏能像曼农雕像①那样鸣响,也像它那样传之久远……

侍女们端着金盘,一走出平台拐角,便金光闪闪,把世界尽头大漠的无聊一扫而光。

接着刮了一年的西风。而在我们压着黑石的屋顶,回响着活跃的征帆的话语。它还沉湎在大海的欢乐里。驻扎在海岬一线的骑兵,遭受光明之鹰的困扰,想用枪尖挑出晴天的灾祸,便面向大海发表一篇热情洋溢的编年史:

诚然,一部为人类撰写的历史,一首为人类谱作

---

① 古希腊和古罗马人称底比斯附近埃及法老阿蒙霍特普三世庙堂前的两座雕像为曼农。公元27年地震过后,北边的那座雕像每在旭日初升时发出清脆的音响。

的力量之歌，好像铁树枝叶上大海的颤栗……有关其他地方的法律，解体民族中以妇女为主的婚姻，充足的阳光下大片被拍卖的土地，平靖的高原和在玫瑰庄重气味中悬赏攻取的省份……

那些生来未闻过这种火炭味的人，在我们中间有什么事情可做？他们能沟通生者的交往吗？"统治无人地带是你们的事，与我无关……"至于在边境待过的我们，我们在那儿制造一些非常事件。和你们在一起我们十分快乐，它使我们竭尽全力行动：

"我熟悉定居坡地的这个种族：骑兵解甲归田，种植起粮果菜蔬。去吧，告诉他们：和我们一起要冒巨大风险！无数亦无度的征战，强大而放荡的意志，以及像葡萄园里的果串一样被消耗的人的能力……去吧，去说明白：我们粗暴成性；在造反的大地上我们迅疾而稳健的马匹，我们被炎炎烈日闻出气味的头盔……在衰微的国度，习俗有待恢复。众多要像笼中啼鸟一样组合的家庭，你们将从我们的行事方式看出，我们是把各民族召集到宽阔厂棚的人，是高声宣读谕旨的人。在我们的管辖下，二十个民族使用各种语言……

"你们已经知道他们趣味是如何形成的：贫寒的将士在亘古的道路上奔波。显贵们成群结队来向我们致敬。本年的壮丁在棍棒上雕刻他们的神像。下台的王公流落在北方的沙漠。他们臣伏的女儿却不厌其烦地向我们保证她们的忠诚。还有那位主宰，他说：我相信自己的命运……

"或者你们给他们讲述和平的情景：在笼罩着祥和气氛的国度，洋溢着集市和适婚女人的气味；金黄的钱币，发出清脆的音响，在棕榈树下使用！民众在强力的香料——军事装备上行走，在河边悄悄进行的非法买卖；一位强大的邻君在女儿们的簇拥下坐着觐见，交换金箔国书，订立友好条约和划分国界协定，以及两国之间拦河筑坝的协议，在繁荣兴盛的地区征税！（修水库、建粮仓，为骑兵队盖营房——碧蓝的方砖铺地，粉红的砖石铺路——不慌不忙地显示才能，玫瑰蜂蜜酱，出生在辎重器材中的马驹——不慌不忙地显示才能，在我们梦的镜子里，映出锈蚀宝剑的大海。有一晚，还映出朝沿海省份，朝我们安宁闲适的故乡，朝我们女儿降下的斜坡。

"我们的姑娘芳香袭人，只用那轻似微风的衣裳就使我们心神安宁……）"

——我们被独特命运踩踏的门槛有时就是这样。而在世界那边，那广阔的、权力每晚借居的那边，随着白昼匆匆的脚步而来的,是整个胜利的鹯居!

不过晚上,在我们创业和富强的计划里,传出我们妻子侍女指掌间那股堇菜和黏土气味

于是轻风也在沙海的港湾深处住下。

七

我们不会永久居住在这块黄色的土地,尽管它是我们的乐园……

夏季比帝国更广阔,往空间的台架搁上几层气候。辽阔的大地在它的空地,铺天盖地翻滚着它灰烬掩盖的残炭。——大地长出了新草,披上硫黄色、琥珀色和不朽之物的颜色,就着去冬的麦秸燃起大火——而老天从一株独树的绿色海绵中汲取紫色的精液。

遍布云母石的地方!风的虮髯没有粘上一粒纯种。阳光如油。——从眼缝到与我连成一体的那线山峰,我看出布满斑点的山石,在光的蜂箱中无声无息的群蜂;我的心为一窝蝗虫担忧……

一座座山丘在农田般的天空下面向前伸延,宛如一峰峰雌骆驼温驯地让人剪毛,周身披满紫色的疤痕。——它们默默地向平原迷蒙的炽热行进，最后，在梦幻的烟雾中跪下。那儿正是各民族自毁于大地的死灰的地方。

这是些粗大而静穆的线条，没入若隐若现的葡萄园的青黛之中。大地又在一个地点催熟雷雨的堇菜；干涸的河床上腾起股股沙烟，宛若飘游的世纪的衣袂……

声音更低些不要惊扰死人。声音更低些即使是在白天。人心里有这么多温柔，竟可能找不到自己的尺度？……"我跟您说吧，我的灵魂！——我那为马的香味而苦恼的灵魂啊！"几只巨大的陆鸟，正在西方飞翔，把我们的海鸟模仿得惟妙惟肖。

在如此苍白的天宇东边，好像被盲人衣衫围起来的圣地，悬浮着一些安详的云朵，樟脑和角质的癌在其中转变……一丝微风与我们争夺烟雾！大地在它昆虫的须髯里谋杀一切。大地创造出诸般奇迹！……

到了中午，当枣树使坟墓的基础爆裂，人便合上双眼，将颈背伸进各个时代纳凉……死灰堆上，奔驰着梦幻的骑兵，哦，徒有其名的道路，一阵微风就把它吹乱，吹到我们的脚边！哪里找得到啊，哪里找得到守卫新婚河流的武士?

　　听到陆地上奔腾的洪流声音,土地的所有盐分在梦中颤抖。于是突然传来这些声音。啊!它们需要我们帮忙吗?在河流的白骨堆上,请立起数面镜子,让它们在后来的世纪提起上诉!请立起纪念我光荣的石碑,立起保持沉默的石碑。为了守护这些场所,青铜骑士们伫立在宽阔的河堤!……

　　(一只巨鸟的黑影从我脸上掠过。)

八

牝马交易法。变化不定的法律。我们本身亦然。（指人的肤色。）

我们的旅伴，那高空的龙卷风，大地上运行的滴漏，

以及庄严的大雨，生自神奇的物质，由尘埃与昆虫织成，在沙漠上追逐我们的人民，好似那逃不掉的人头税。

（在我们心灵的范围里完成了如此多的别离。）

*

这段旅程并非索然无味；听到踽踽独行的牲口的脚步（我们的纯种马老眼昏花），许多事情便在精神王国的黑暗里记起——许多事情悠然出现在精神王国的边境——石弹呼啸的塞琉古王朝[①]的伟大历史和一

[①] 由公元前 305 年至前 280 年在位的叙利亚国王塞琉古建立的王朝。

任解释的大地……

别的事情:这重重阴影——天对地的渎职……

在有些人的家族,仇恨有时如山雀吱喳不停。穿过这些家族的骑士啊!我们会扬起皮鞭,猛抽那去势的幸福字眼吗?——人啊,称一称你计算成麦粒的重量吧。这样一个地方可不是我的国家。除了这青草的起伏,世界还给了我什么?……

*

直至名为干树的地方:
饥饿的闪电指示我去西部的那些省份。
可是,再过去就是最大的悠闲,
而且是在一个没有记忆的广阔的牧草之乡,在一个没有联系的年份!也无周年纪念日,只由晨曦与灯光来增添趣味。(早晨用黑绵羊心作的祭供。)

*

世上的道路啊,有一人在顺着你们前进。支配大地全部符号的权力。
哦,在黄色的风——灵魂的欲望中旅行的人!……

你说,这粒印度柯苦树籽,只须嚼碎,便有醉人的效力!

*

一条伟大的暴力原则支配着我们的道德。

九

我们来到西方已如此长久,究竟从转瞬即逝的事物中

获知了什么?……从我们脚下倏忽生起最早的烟雾。

——妙龄女郎!一国风土都染上她们的香气:

*

"……我向你通报炎热季节和大声报怨死者放荡的寡妇们来到。

那些在习惯和努力静默中老去的人,坐在高处,俯视沙漠

和市集上那白昼的热闹。

然而快乐在妇人们腹中生成。而在我们女人身体里,有种宛似黑葡萄酵素的东西,和我们在一起,它不间歇地酝酿。

"……我向你通报大恩爱时刻和我们梦中泉源的极乐来到。

知道泉源的人和我们一起流亡。知道泉源的人晚上会告诉我们

哪些手压挤我们胸腹的葡萄

我们的躯体便会充满汁液?(女人和男人在草地上睡了一觉。女人起来,整理身体的线条。而一只蝗虫扑展青翼飞走。)

"……我向你通报炎热季节到来,而在声声犬吠中,黑夜同样在女人腹中挤出他的快乐。

但是异乡人在帐篷里生活,被飨以乳品、果子。有人打来凉水

给他漱口抹脸洗濯性器官。

到夜里有人领来一些不孕的高大妇女(呵!她们白昼比夜里更来劲!)。或许他也会从我身上提取快乐。(我不知他同女人行事采用何种方式。)

"……我向你通报大恩爱时刻和梦中泉源的极乐来到。

在光亮中张开我的嘴,如同岩石间的一个蜜窝。

倘若在我身上发现过错,就请把我撵走!不然,

我就钻进帐篷,赤身裸体,走近帐内的水罐,

而坟角的伴侣,你将在我的血管分支下看到我静默良久……帐篷里有一张恳求的床,水罐里有一颗绿星,但我仍听凭你支配!帐内没有女侍,唯有那只凉水罐!(我会在天亮前出门,而不惊醒绿星、门口的蝗虫和整个大地的犬吠。)

我向你通报大恩爱时刻和我们不持久的眼皮上夜晚的极乐……

"可眼下仍是白昼!"

*

——于是站在白昼那片灿光上,面对一个比死亡更贞洁的大国门口,

少女们提起花裙的下摆撒尿。

十

选一顶大帽,帽檐遮住颜面。眼睛朝灵魂的外省后退一世纪。透过裸露的白垩门瞧见平原的景物:活生生的景物,啊,极美的

景物!

少儿坟头祭供的一些马驹,玫瑰花中一些寡妇的净礼,为一些老人在院中聚集的翠鸟:

陆地上许多事物待见待闻,活生生的事物就在我们中间!

为一些巨树诞辰而举行的露天庆典,为一眼水塘而安排的公众仪式;一些浑圆黑石上铭刻的题铭;荒地上开挖的一眼眼泉源,山口附近木杆头上几面祝圣的旌幡,以及一些成年人在阳光下被斫手断足的刑罚,一些婚礼服饰的炫示,从墙根引发的猛烈喝彩!

还有许多值得我们目睹的事物:郊外牲口的包

扎，迎接剪毛工掘井人和阉马匠的人群的涌动；凭庄稼气息估算的产量，用草叉顶往屋顶晾晒的牧草；用粉红的窑砖砌筑的围墙，在逐层升高的阶地上的烘肉房，神甫的廊台和王室总管的府邸；兽医宽敞的宅院；维修骡马大道和峡谷间羊肠小道的徭役；空地上修建的济贫院；沙漠商队到达的告示，在货币兑换所附近遣散的随从；披檐下煎锅前兴起的声誉；债券的拒绝兑付；患白化病的牲口和地下蛴螬的灭绝，死亡污染地燃起的荆棘之火，用芝麻和大麦或艾波特小麦制作的美味糕饼；处处人烟……

啊！形形色色方式道路各不相同的人：啖食昆虫、水产的；粘贴膏药、携带钱财的！务农的和浪荡的，针刺行医的和采盐的；收过桥税的和打铁的；售卖白糖、桂皮、白铁杯和角质灯的；缝制皮衣、制作木屐和橄榄形纽扣的；耕田种地的；以及种种无业游民：架鹰玩隼的、吹笛的、养蜂的、练嗓子取乐的、鉴赏玉石的、在自家屋顶烧树皮娱乐的；用香叶铺地作床，在上面睡眠休息的；为流水池设想绿瓷图画的；游罢归来又出门的；在大雨之乡住过的；摇骰子，玩骨牌，耍魔杯的；或在地上摆摊卖计算表的；对葫芦用法甚有己见的；把一只死鹰当沉重柴捆拖着走的（羽毛没有出卖，做箭羽去了），乘木船采集花粉的（"我的快乐，"他说，"就在这种黄色里"）；吃煎饼、棕榈虫、覆盆子的；喜欢龙蒿味的；做过甜椒梦的；或者还有咀嚼僵硬的胶姆糖，把大海螺移到耳边谛听，期待新石缝散发仙气的；色迷心窍朝思暮想女人肉体的；从刀刃寒光中看见自家灵魂的；泡在科学知识和人名研究上的；出谋献策受重视的，为喷泉取名的，捐座位于树下的，献彩色呢绒给贤人的，在交叉路口安设青铜巨碗供人饮水的；更妙的是，无所事事的人，这种那种姿态的人，还有形形色色的其他人！地窝窝里逮鹌鹑的，荆棘丛中捡青斑鸟蛋的，下马拾物，拾到玛瑙和淡蓝石头的（可拿到城郊琢磨，做匣子、烟盒、别针或瘫痪者手中的健身球均可）；露天吹口哨漆箱奁的，手把象牙棒，身坐藤条椅的；由姑娘纤手拾掇点缀的隐士，长枪插在门口拴猴的退伍军人……啊！各种各样，形形色色，方式道路各不相同的人。而突然间穿着晚服出现依次果断回答听众提问的，正是坐在笃耨香树下的讲故事人……

哦，在场的谱系学者！请问有多少家史和谱系？——让死者的财产立即归属继承人，如法学家的条律所指明，倘若我未见过任何埋没的事物，并不知道其年岁的价值：收藏著作和年鉴的书库，天文学家的储藏室，一处墓地和一些年岁十分悠久的古寺的幽美；古寺掩映在棕榈树下，养有一匹母骡三只白母鸡——，而在我的视圈之外，许多活动正在秘密进行：听到被我漏过的消息而拔起的营帐，山地居民的放肆无礼，乘羊皮筏渡河，传送盟约文书的骑兵，葡萄园里打的埋伏，峡谷里发生的抢劫和横穿田野对一名妇人进行的绑架，种种交易，件件阴谋，孩童看到的林中野兽的交媾，牛栏深处预言家的康复，树下两个男子无声的交谈⋯⋯

但在陆地人活动的上空，飘游着许多迹象，飘游着许多种子，而在澄澈的晴空下面，地上一阵疾风，卷起庄稼的所有羽绒！⋯⋯

直到入夜时分，阴星①，这纯洁的被扣押在九霄云外的尤物出现在天幕⋯⋯

梦的可耕地！是谁说要建设？——我看见大地被分成一块块广阔的空间，而我的思想却一直记挂着航海人。

---

① 诗人接触过中国文化，按中国说法，阴星可能指月亮，按法国说法，疑指维纳斯星，即金星。

歌

我的马在栖满斑鸠的树下驻足。我打了个唿哨，那么清亮，竟成为所有这些河流对各自河岸恪守的诺言。（早上鲜活的树叶属于光荣的景象）……

                *

这并不意味着一个男人无忧无愁。不过他未等天亮就起身，小心地攀上一株老树，下颌支在最后一颗晨星上，看见空腹的天空深处，许多巨大而纯净的事物正在变成快乐……

                *

我的马在咕咕叫的树下驻足。我打了个更加清亮的唿哨……愿未曾见到今朝的人平安，假如他们行将死去。不过我获得关于我那诗人兄弟的一些消息。他又写了一篇十分美妙的东西。而且有些人已经读到……

流　亡

流 亡

献给阿契包尔德·麦克利什[①]

---

① 阿契包尔德·麦克利什(1892—1982),美国诗人。

一

门朝沙滩敞开，门朝流亡敞开，

钥匙由灯塔看守人掌握，而星辰在门槛石上遭受车轮刑：

房东，请把您在沙滩的玻璃房子给我……

石膏之夏在我们的伤口里磨尖它的枪头。

我选定一个若实若虚、恰如季节枯骨场的地方。

在此世的所有沙滩，神灵烟气袅袅地离开它的石棉床。

闪电一阵阵痉挛，想讨取陶里德① 王公们的欢心。

---

① 克里米亚地区的古称。古希腊人视陶里德人为屠杀外乡人的蛮子。

二

这支清越迷人的歌,不献给任何地方,不载入任何书页……

其他人在庙堂圣殿抓起祭坛的彩绘号角:

我的光荣在沙滩上!我的光荣在沙滩上!……异乡人啊,向往最空旷的赤地,这绝不是流浪,

而是给流亡的浮沙献一首出自虚无且由虚无构成的伟大诗章……

哦,呼啸吧,人间的投弹器;哦,吹响吧,水上的螺号!

我已在深渊上垒起海雾和沙烟。我将躺在油罐和水瓮里,

漂过一切空虚平淡却在向往崇高的地方。

"……奉承尤里乌斯家族①的风气已经衰微,攀附

---

① 基督教历史上有三任教宗名号为尤里乌斯。

僧侣种姓的联姻日渐减少。

"沙子流向哪儿，流亡君王们也随其歌声跟去哪儿，

"昔日千帆高挂的地方，如今漂着残存的帆布，它们纤维毕露，比琴匠的大梦所含的丝更多，

"先前两军激战的地方，驴领已变成白骨。

"而周围的大海在沙滩上滚动着其颅骨般的声响，

"愿世间万物对大海而言都是虚幻。一天晚上，在天涯海角，

"风的队伍在流亡的沙滩对我们说了这番话……"

哦，盐的爆裂声和生石灰的乳液里发出精神的臭气，浮出泡沫的贞洁！

一门学问倾入我心灵的残暴……风向我们述说它的海盗行径，风向我们讲起它的误会！

一如骑士手执马缰进入沙漠，

我来到最大的马戏场，观察最吉祥征兆的阵痛。

而早晨为我们把占卜的手指插进圣籍。

流亡并非属于昨日！流亡并非属于昨日！"遗迹啊，前因啊，"

异乡人在沙地里说，"世间万物，对我来说都是新的！……"而他的歌的诞生，却仍是与他无关。

三

"……以往一直有这种喧闹,一直有这种壮丽,

"有如挺进全球的卓著战功,有如逃难民众的清点人数,有如拥护独裁者的骚乱建立的帝国,啊,有如伟大著作诞生时唇的肿胀,

"在全世界潜生暗长的伟大事物,发酒疯似的突然扩大。

"……以往一直有这种喧闹,一直有这种伟大,

"这个满世界游荡的东西,这种全球性的惶恐,在被同一阵风吹遍世界的所有沙滩,同一道浪大声说

"一句冗长的没有停顿永不可理解的话……

"……以往一直有这种喧闹,一直有这种疯狂,

"这滔天巨浪处于狂热的顶峰。而在欲望的顶点总是那只海鸥在滑翔,总是那只海鸥在窠巢恢复上空

盘旋，鼓动翅膀，重组流亡的诗行。在世界的所有沙滩上，同一阵风大声倾诉同样的，

"在沙地上追求我的努米底亚①灵魂的无限怨艾……"

啊，怪物，我认识你！我们又一次面对面了。我们从上次中断的地方恢复这场长久的辩论吧。

你可以像牲畜扯长脖颈饮水一样推演你的理论：我不会让你暂停、喘息。

我到过太多太多沙滩。我的足迹在天明前被海水洗掉。我睡过太多太多被遗弃的床。我的灵魂在上面任凭静寂的癌症啃咬。

原始的轻风啊，你还想从我身上得到什么？

而你，在我门口游荡的暴力，在我们路上行走，在浪子后面跟踪的女叫化，你想从我充满活力的唇上获取什么？

风给我们讲述它的暮景，风给我们忆说它的华年……君主啊，请礼敬你的流亡！

于是突然间，一切都成了我的力量与存在，而虚

---

① 古代一支游牧民族，曾建立努米底亚国，长期依附迦太基，后由罗马人统治，公元429年被汪达尔人征服。

无的主题还在那儿冒烟。

"……我门口这无声的喧闹夜夜加剧,世纪身披铠甲的抗议夜夜高涨,

"在这个世界的所有沙滩上,有一首更为愤世的讽刺诗,要用我的生命来滋养!……

"哦,东方的持剑者,哦,从各个角度调教鹰隼的人,哦,铁羽下最凶猛女儿的养育者,你门槛的陡岸高不可攀!

"一切待产的东西在世界的东方躁动,一切新生的肉体在晨曦中狂欢!

"于是全世界风起云涌,喧声浩荡,如同掀起一场灵魂的暴动……

"喧声啊,只要我没有在沙地上蜕掉人类的所有国籍,你就不要沉默!(谁还知道我的出生地?)"

四

奇异的夜,这么多的微风在房间的交叉口迷路……

是谁在拂晓前浪迹天涯,为我呐喊?当易逝的群星为流亡者更名,落入沙滩寻求一方净土时,那个在翅翼的呼呼声中去别人家造访的高大姑娘是谁?那个被遗弃、没人喜爱的高大姑娘是谁?

她曾在女预言家的绿色洞穴和教堂卖身,四处流浪是她的妓名。但是晨光在我们门口抹去了赤足在圣籍间留下的印迹……

女仆们啊,你们以前侍候别人,可你们自视甚高,挂上新的帐幔,不让一个贞洁字眼到期。

听到鸫鸟的悲鸣,哀怨的黎明降临,寻找那个贞洁字眼的毕宿星[①]涕泪涟涟。

而在十分古老的海岸上,我的名字被人呼唤……神灵在乱伦的灰烬中吐出缕缕轻烟。

[①] 西方传说中负责预报雨水的星星。

当日光的苍白养分射到沙砾中间的时候,

一些美妙的历史片断,乘着螺旋桨叶,在充满谬误和多变前提的天空飘移,开始为注释者的乐趣而转弯。

谁曾在那儿?谁又曾鼓翼飞去?那天夜里,是谁不顾我的反对,仍从我这外乡人的嘴唇上获取这支歌的使用?

录事啊,用你的铁笔尾端,在沙滩的桌上,掀翻刻写着空话的蜡版。

沧海之水将在我们图表上洗去今年最美的数字。

女乞丐啊,时候到了,在弃置于洞穴与世隔绝的巨石镜面上,

主祭穿着毡鞋,戴着生丝手套,用许多水龙带,洗刷黑夜显露的违禁符号。

就这样,一切肉体穿上盐的苦衣①,我们熬夜的灰烬之果,你们沙滩的矮玫瑰,而夜间的妻子在天亮前被送走……

啊!记忆之箕里的一切虚幻之物,啊!流亡短笛

---

① 宗教用语,苦行者穿的粗毛衬衣,转义为痛苦。

吹出的一切癫狂之曲：自由之水的纯洁的鹦鹉螺，我们梦的纯洁的运动物体，

与夜的诗篇天亮前已被抛弃，僵化的翅膀中了琥珀大晚祷的圈套……

啊！让人们烧吧，啊！让人们在沙滩的尖角烧掉所有这些残羽碎爪、染过的毛发和不洁的布头，

以及诞生自昨日的诗篇。啊！有天晚上在闪电的岔路口诞生的诗篇，犹如灰尘落入妇女的乳汁，总有丝丝痕迹……

我用你们未曾使用的一切有翼之物，拼构一种无功能的纯语言，

现在我还要构思一首可以擦掉的伟大诗篇……

五

"……如一见大海即脱衣的人,如起身向第一阵陆风致敬的人(现在他的额头在头盔下面变大了),

"我的手比出生时还要赤裸,嘴唇比出生时还要自由,耳朵贴着那些珊瑚谛听:那里面有前朝的幽怨。

"现在我回到故乡……唯有灵魂的历史才是历史,唯有灵魂的自在才是自在。

"简单的事情就是在那儿,就是在时光的流逝中,与瘦果、按蚊、茅舍和沙滩,这些最卑微、最虚幻之物为伴……

"白昼的童年披着岛屿的衣裳,飘到小雀的尸骨堆上,比在海鸥和青脚鹬的尸骨上的童年更轻盈。微风吹得为岛屿披上鳞甲的海女心醉神迷……

"沙滩啊,树脂啊!命运的猩红鞘翅在凝视。在没有暴力的砂砾上的,是流亡及其清白的钥匙。一根绿骨横穿过白昼,宛如一条鱼在海岛间游弋……

"悲伤啊,正午在歌唱!……一声惊呼通报奇迹降临:哦,奇迹!让人含泪欢笑,欣喜不已。

"可那是什么,哦!那是什么,突然间整个消失?……"

我知道。我见过。可谁也不同意!——白昼已经像奶一样浓稠。

忧烦在阿萨息斯王国[①]寻找它的阴影;流浪的忧愁把它的大戟味道传遍全球,猛禽生存的空间就要堕落到奇特的无人继承的状态……

但愿智者注意分歧的产生!……天空是一片萨赫勒[②],沙漠商旅去那里寻找岩盐。

历史已经衰微。一个多世纪变得黯然无光。

阴霾升起。太阳把它美丽的小银币埋进沙地。雷雨的判决在黑暗中酝酿。碧水下的流亡地啊!让海底一棵名草再给我们讲讲流亡……

诗人心中的阴影来自深渊口石基上的大块石灰岩,那是死亡面具上的花边……

---

① 古代里海草原半游牧的柏尔特族酋长弗里亚皮斯特之子阿萨息斯创建的王国,在今里海至波斯湾一带。
② 阿拉伯语的音译,意为边缘,有些非洲国家以此称呼处在海边、平原与沙漠边缘的地区,常指撒哈拉沙漠以南的地区。

六

"……深更半夜在石廊漫步，想评价一颗美丽彗星的种种称号的人；两次战争之间，守护巨大的水晶透镜，保持其纯度的人；因为流行病已经过去，在天亮前起床清洗蓄水池的人；因为陆地灰尘太厚，携媳牵女去海上涂漆的人……

"在用蓝灰刷墙的大收容所里迎合精神失常者的人（于是在神智错乱的时刻，里面一片混乱），在军队进城时爬上孤独的管风琴的人；有天中午稍过，在孤寂之时梦见奇怪的石牢的人；在海上，迎着从一座矮岛刮来的风，被沙地一株小不凋花的暗香催醒的人；午夜刚过，夜色幽暗之中，在港区的异种女人怀里值夜，领略后半夜腋下香根草气味的人；睡梦中与大海呼吸相通，在潮水涨落交替时辗转反侧，宛如船只转换帆向的人……

"在最高的岬顶油漆岸标的人，在礁石正面涂上白十字标记的人；用稀薄的奶液冲洗信号台脚下阴暗的掩蔽室的人，那里堆着残砖断瓦，长着瓜叶菊，是聪明人的娱乐场；与驾驶员和领航员一起，去向一所废弃庙堂的看守人借房，以供雨季居住的人，那庙堂坐落在半岛尽头（在青灰岩山嘴或红砂岩高台上）；被飓风拴系在纸牌上的人；引得恒星轨迹在冬夜为他闪闪发光的人，或者在梦里理清许多别的有关牲口转场和河流改道的规律，用钻头在地层深处寻找红黏土，用来塑造他梦的面貌的人：在港埠自告奋勇为游船校正罗盘的人……

"在陆地上朝莽莽草原走去的人；在路上为一株苍苍老树作出诊断的人；雷雨之后登上铁塔，以便嗅出林中荆蕀丛起火的黑纱气味的人：在旷野守护重要的电报线路的人；知道海底主电缆上岸的地点和支架，在城市下面，在坟地与阴沟（就在大地剥开的表层）之间保养地震记录仪的人……

"在洪涝期间负责测试流速，察看厌倦了蜉蝣盛宴的大滤水池的人；在青金色的栏杆后面，保护植物园臭烘烘的大暖房、币制局、天文馆和充满奇闻趣事和无稽之谈的灯塔站，使它们免遭骚乱破坏的人；在围城期间巡视大厅（大厅里，竹节虫和蛱蝶标本在玻璃下面已成碎片），把灯光照向精美的青金石凹槽（那里，易碎的骨制公主别着金针，披着剑麻头发，在世纪的长河顺流而下）的人；从军队手里救出罕有的喜马拉雅山蔷薇和树莓杂交品种的人；在国家信用大破产的当口，用自己的钱维持种马场昏庸奢华（那种马场的褐黄色砖房掩映在绿叶丛中，如哗哗雷雨下的红玫瑰园，又如光线昏暗，乳香氤氲，蛮君群集，摆满男人用品的闺房）的人……

"在危机期间，安排人看守查封的大客轮（大客轮停泊在水色如碘、如尿的河湾，客轮玻璃檐下，落寞的大客舱里，有一道在海上恒久不灭，永远清醒的龙舌兰之光）的人；与卑贱者一起进船厂干活，在一艘建造三年的巨大船体下水之后，仍在人群散后的船坞忙碌的人；以登记船籍为业的人，有一日他在一艘新帆船护舱板里闻到自己灵魂的馨香；防止码头护坡、山一般的大坝那发声的巨梳和烟波浩淼的船闸上出现裂痕的人；突然从存放殖民地食品的货栈和堆场的臭气中，闻出这个世界病入膏肓的气息的人，那货栈里香料和未熟的谷物在冬季的月光下肿胀，如同大自然躺在病榻上；宣布山志学和气候学大会闭幕，该去参观林园和水族馆，逛一逛花街柳巷，看一看宝石工场，游一游伟大痉挛者①尸场的人……

---

① 指法国18世纪在六品修士帕里斯墓地痉挛的冉森派教徒。

"为精神研究而在银行开户头的人;在生命极具活力时进入新作品竞技场的人,三天里除了他母亲无人注意他的沉默,除了最老的女仆,无人进入他的房间;牵着坐骑来到泉源却不在其中饮水的人;在鞍具房梦想一种比蜡香更浓郁的气味的人;像巴伯尔[①]一样,在两次刚勇的征战之间穿上诗人的白袍,向美丽的台基正面表示敬意的人;在圣殿举行祝圣仪式时心不在焉的人,那圣殿的门楣中心放置着一些陶罐,如同乐器的音孔,堵塞起来以使音质纯美;在不可转让的地产上,继承最后一个鹭鸶养殖场和完好的犬猎驯隼设施的人;在城里经营珍贵书籍,如天文观测集、海图集、动物志的人;关心语音变化,符号变化和语言衰损的人;参加语义学的大讨论,在应用数学领域享有权威,热衷于推算非固定节庆的日期[②]的人;给语言的重要功能划分等级的人;在别人指点下,观望高处被不熄之火照亮的巨石的人……

"凡此种种,都是流亡的君王,不需要我的歌。"

在这个世界的所有沙滩,异乡人既无听者亦无观者,只得把一个无记忆的螺壳送到坡兰特[③]的耳边:

---

① 印度皇帝,莫卧儿王朝的创建人。
② 黄金分割,罗马黄历,太阳历一年间超过太阴历的天数和主日字母历。
③ 法文为 Ponant,指西方;地中海一带的人亦以此名称呼大西洋。

我们城边游移不定的主人，你切莫跨过劳埃德们①的门槛，你的话在那里没人听，你的金子没有成色……

"我将住在我的姓氏里。"你对港口调查的回答。而在钱币兑换商的桌上，你只可能制造混乱，

就像雷电挖掘出的大铁币。

---

① 英美有许多人姓劳埃德。亦有几个大经济组织冠以此名，如劳埃德保险社、劳埃德船级社，劳埃德银行等。此处可能泛指有钱人。

七

"……闪电的句法!哦!纯粹的流亡语言!彼岸遥迢,信息闪烁:

"灰烬下有两张妇人的面庞,被同一根拇指造访;百叶窗上有两翼妇人的翅膀,被同一阵轻风抚摸……

"哦,在尘世祈祷的女人,哦,流亡者的母亲,昨夜,当流亡者的脸映现在卧房镜中时,您在磷光闪烁的大树下睡着了吗?

"而你,你在闪电下动辄发怒,你在他灵魂的彼岸动辄颤栗,你是他力量的伴侣,你是他力量的弱点,你与他永远息息相通。

"在你妇道人家的气头上,你还会坐上他的空床吗?

"流亡并非始自昨日!流亡并非始自昨日!……妇人啊,你屋顶下有一只蛮鸟在啼唱,请你诅咒它的歌……

"夜间,你妇人的呼喊若不攻击鹰巢上可疑的幸福之鹰,你就听不到雷雨在远方繁殖我们脚步的奔跑!"

……住嘴吧，软弱！还有你，夜里夫人的馨香！你就像夜的巴旦杏。

在沙滩上到处流浪，在海洋上到处漂泊，住嘴吧，舒适！还有你，插着翅膀、齐我马鞍的存在。

我将沿着不可剥夺的大海，重新开始我努米底亚人的奔跑……嘴唇未沾马鞭草茶，舌头却还含着这盐一般的旧世界的酵素。

硝石和泡碱是流亡的主题。我们的思想奔向尸骨累累的道路上的战斗。闪电给我摊开了更宏伟计划的温床。雷雨徒然移动分离的界石。

那些曾在大西洋的印度群岛会过面的人，在深渊的阴凉里嗅出新思想的人，在未来之门吹响号角的人，知道在流亡的沙滩上，高贵的爱情在闪电的鞭挞下盘成一团，发出声声呼啸……六月的盐和泡沫下面的浪子啊！把你的歌那神秘的力量生气勃勃地保留在我们中间！

一如那人对密使说的原话，以下是他的启示："蒙上我们女人的脸；抬起我们孩儿的头；命你们冲洗自家的门槛石……我会轻声地把源泉的名字告诉你们。明天，我们去那里洗刷满身的愤怒。"

*

诗人啊,时候到了,该说出你的姓名,你的出身,和你的种族……

长滩岛(新泽西),1941年

雨

献给卡特琳和弗朗西斯·毕德尔[①]

[①] 卡特琳·毕德尔(1890—1977),本名 Katherine Garrison Chapin,美国女诗人;其夫弗朗西斯·毕德尔(1886—1968),美国律师、法官,曾参与纽伦堡审判。

一

雨的榕树在城市扎下根基,
　一架早熟的珊瑚骨在这活水的乳汁里往它珊瑚的婚礼攀升,
　赤裸的观念就像个古罗马的赤膊角斗士在民众花园梳理她少女的鬓毛。

　唱吧,诗,对水的拍卖歌唱主题的临近,
　唱吧,诗,对水的步伐歌唱主题的逃脱
　对先知先觉童贞女的胸肋歌唱一份高级许可证书。

　在烂泥凼的浅黄褐色夜里孵化一只金卵
　哦,我的床在这样一个梦的边界,
　在诗的淫邪玫瑰长大增艳开始变质的地方走私。

　主宰我欢笑的强大天主啊,这是烟气腾腾带着野

兽肉味道的陆地，

　　寡居的黏土在童贞的水下，陆地被洗去失眠男人的脚步，

　　而凑近去嗅，陆地有种葡萄酒香气，莫非它真会让人失忆？

　　天主啊，主宰我欢笑的强大天主！这是关于陆地的梦的反面，

　　宛如高高的沙丘对浪叠着浪的海的回应，这是，这是

　　使用到头的陆地，是它襁褓中的新时刻，也是我被一个奇特元音叩访的心。

二

太可疑的乳母,眼睛被长子继承权蒙住的女仆,雨啊,

怪异的男人通过你维持他的社会等级,我们的昨夜在今晚获取高度。可今晚我们将说点什么呢?

我们又将在哪张新床上,让哪个迟钝的头脑溅射出智慧的火星?

水在我的屋顶无声地流淌,我内心发出一声很强烈的欢呼,雨啊,这是为你们而发!

我向你们提起诉讼:把我最明确的利益挂上你们的矛尖!

像珊瑚乳一样的泡沫挂在诗的嘴唇!

而像驯蛇人一样舞蹈的泡沫则守在我语句的入口,

在宗派博弈中比利剑还要赤裸的观念

将教我抵制诗的急躁的常规与音步。

主宰我欢笑的强大天主啊,请阻止我说出真情,阻止我接待人客,阻止我唱歌。
主宰我欢笑的强大天主啊,这是对暴雨嘴唇的冒犯!
是在我们更高级的迁移下完成的欺诈!

在南方的晴朗夜晚,我们提出不止一个
关于生存本质的新建议……烟气啊,瞧,那从炉膛石上升起的烟气!
还有打在我们屋顶的温雨也将我们手上的灯火扑灭。

三

高空行进在大地的雨水,曾是亚述尔城①战士的姊妹

她们头戴饰有羽毛的战盔,战服高高卷起,脚上扎着用水晶和白银装饰的马刺,

像狄多女王②一样在迦太基的城门口踏着象牙前行。

一如柯尔特斯③的配偶,用黏土塑像并着色,置放于他那些高大的伪装植物之间的醉妇……

她们曾在夜里把我们的刀柄枪托涂成天蓝色,

后来又在我们卧室镜子深处种满四月!

我绝不会忘记她们在净身室门口的顿足:

---

① 公元前9世纪亚述帝国的都城。
② 迦太基女王,传说迦太基城的建立者。
③ 约1485—1547,西班牙贵族,古巴和墨西哥的征服者。

女战士啊,用长矛与投枪,甚至用我们磨得锋快的武器来武装的女战士!

跳舞女啊,在倍增的土地上跳舞并施展诱惑的跳舞女!

这是一些要搂要抱的军队,这是一些要用大车载送的姑娘,是分配给各个军团的雌鹰,

是郊外给大地最年轻平民的舒心慰解——一群群堕落的处女们挣脱了束缚,

大把大把未经捆绑的姑娘啊,倒在男人怀抱里的丰满而活泼的收获!

……由乌木基座上的玻璃筑造的城市,从喷泉嘴上涌出的知识,

异乡人读着我们墙上的大幅通告,

而我们的墙垣里一片清凉;凉爽中,印第安女人今晚将宿在居民家里。

四

与市政官员私通;在我们门口做的忏悔……杀死我吧,幸福!

一门由世界各处提供的新语言!一种在全世界呼吸的清凉,

正如精神的气息本身,正如大声说出的事物本身,

其本质,就是存在;其出生,就是来源:

啊!护体养身的神祇在我们脸面施行其全套泼水疗法,一如开花的轻风,抢在最最遥远的分裂脚步之前,顺着一线泛蓝转青的草地推进!

……太可疑的奶妈,播种孢子、种子和种种轻质物种的女人啊,

在哪个堕落的高度你们为我们背离了原来的路线,

正如雷雨底部最美的生物在它们翅膀的十字架上被投石击打?

莫非你们经常往来那么遥远的地方?莫非你们朝思暮想那地方竟为此舍断食粮?

还有你们跟我们谈论什么别的条件,声音那么低竟让我们记不起说了什么?

犯了非法交易圣物罪的家伙啊,为了在我们中间买卖圣物,你们竟舍弃了你们的眠床吗?

在天空成熟其海芋与粒雪口味的地方,你们以水雾付出的交易费,

与淫荡的闪电时相来往,在被撕碎的凌晨边缘,在被划出道道纹线的纯粹羊羔皮上,

雨啊,你们以一种神圣的诱惑,告诉我们,哪门新语言为你们申请绿火写出的硕大安舌尔字体①。

---

① 公元3至8世纪书写拉丁文与希腊文时使用的一种特殊字体。

五

但愿你们的临近充满崇高气氛，我们作为城市男人，凭我们瘠薄的炉渣，早已知道这点，

但是我们曾经梦想在暴雨的头道气息里，获知更加高深的秘密，

而雨啊，在我们人性的恳求下，你们让我们头戴假面具，恢复了对黏土的这份爱好。

我们将在更高贵的出身里寻找记忆？……抑或我们必须在黄金圣书里忘记卑微的新生树叶？……

我们被粉饰的对梦幻鹅掌楸的狂热，遮盖水具眼睛的角膜白斑，滚到井口的石块，这些不都是可以再度捡用的好题材，

正如伤残战士手捧的昔日玫瑰？……蜂群还在果园，老树枝桠上残留着童年，而闪电的美好寡居生活被禁用梯子……

龙舌兰、芦荟……的甘甜,因无误解而乏味的人类季节!这是厌倦了精神烧灼的土地。

在银行家的镜子上显现出绿雨。神祇—女儿们的颜面将在哭丧妇们温热的衣衫上消隐。

而一些新观念也来到在他们餐桌上创建帝国的人的考虑之中。在我的话语里,在诗的阔大空白上,站立起整个沉默的民族。

你们搭建吧,在海岬尽头,搭起哈布斯堡王朝的灵台,架起焚烧战争人的高柴堆,高高地垒起欺骗的蜂箱。

你们建设吧,在海岬尽头,建设另一场战争的灵骨纪念场,那是白人的大灵骨场,童年就建立在其身上。

愿人们识破那坐在椅子上,坐在铁交椅上,执迷于种种幻觉,因之激怒各国民众的人。

历史在浩淼的海面上碳化,我们将没完没了地看到海面上拖曳着历史大事的烟云。

然而在查尔特勒修道院和麻风病院,一种白蚁和白色覆盆子的香气,让久病的君王们下了床,站立在他们的月光城堡:

"过去,过去我喜欢在人们中间生活,可是,眼下大地渗出它异乡女人的灵魂……"

六

一个人感到如此孤独，以至于离家出走，把面罩和指挥棒挂在庙堂圣地！

至于我，则给一株戴着大地锁链的老树的伤口带去海绵和痛苦。

"我过去喜欢远离人们生活，喏，既然雨……"

没带书信的投敌者，没有面孔的哑剧演员啊，你们把如此美好的种子带到了边境！

为了人间草场的哪些瑰丽之火，你们有天晚上掉转脚步，为了哪些已经结束的故事，

你们转向卧室，开放着阴暗的性之花的卧室，去看那玫瑰之火？

你们躲在我们妻女梦想的栅栏后面，对她们垂涎三尺？（长辈在卧房最应该悄悄注意的，

是看闺女们是否被昆虫的触须触碰，便生出痴情

的梦想。这是纯粹的责任……)

在我们儿子那里,除了等待那盔甲上散发出苦涩的男性气味,你们就没有更好的事情可做?(宛如一群因数字与谜而变得笨重的狮身人面女像,为了权力在当选者的家门口争斗……)

雨啊,野麦在雨天入侵城市,条条石头车道竖起了愤怒的仙人掌,

千百个新脚步下面是新近被访的千百块新石头……在被一支看不见的羽毛扇着凉风的露天摊档,做钻石生意的家伙啊,计算你们的账款吧!

而人间的硬汉,在人群中突然发现自己梦见了海滩黑麦……"我从前喜欢轰轰烈烈的生活,喏,既然雨……"(生活驾着拒绝的翅膀在雷雨里攀升。)

过去吧,混血的你们,让我们来站岗放哨,戒备……某个家伙从戴着黏土面具的神灵身上尽情地吸水。

每块石头都被洗去道路的痕迹,每片树叶都被洗去礼拜天主的印记,我们最终将把你阅读,浸透抄写员墨水的土地……

过去吧,让我们遵从我们最古老的习俗。愿我的话仍走在我前面!我们还将为过去者唱一曲人类之歌,为值夜者唱一曲大海之歌:

七

"我们有无数条道路,我们的居所数不清楚。某个家伙从嘴唇是黏土的神灵身上尽情地吸水。在清晨的母液里清洗死者尸体的你们——这是仍为战争所苦的土地——也请洗濯生者的面孔;雨啊!也请清洗强暴者忧郁的面孔,清洗强暴者温和的面孔……因为他们的道路狭隘,他们的居所靠不住。

"雨啊!请为强者清洗一个石头场地。人类的葡萄酒不曾喝醉的人,不曾玷污流泪做梦的嗜好的人,不曾在骨头号角里留意自己名声的人,都撑起自己力量的挡雨篷,在大餐桌边就座……在为强者清洗的石头场地,他们都撑起自己力量的挡雨篷,在大餐桌边就座。

"请洗去行动的脚步里的迟疑与小心,洗去视野里的疑惑与审慎。雨啊!请洗去善良人眼里的角膜白斑，请洗去思想正统的人眼里的角膜白斑，请洗去品位不俗的人眼里的角膜白斑，请洗去格调高雅的人、功勋卓著的人、才华横溢的人眼里的角膜白斑；请洗去艺术大师和艺术赞助人、正直的人和名流显贵……洗去被人视为谨小慎微的人眼里的鳞状物。

"请洗去，洗去说和调停的人心里的好意，洗去大教育家脸上的礼貌，和大众唇上的污迹。雨啊！请洗濯法官和行政长官的手，洗濯接生婆和埋尸女人的手，被残疾人和盲人舔过的手，和还在做梦得到大调解者和大教育家同意，再度套上缰绳，挨皮鞭抽的人放在额上的贱手……

"洗吧，在记忆的高层餐桌洗去民众的历史：官方的大部头编年史，教会的浩繁年谱和科学院的公报。清洗水泡和宪章公约，清洗第三等级的备忘录；清洗盟约，联盟协约和联邦的重要文件；

"洗吧，雨啊！清洗所有犊皮纸上羊皮纸上用避难所和麻风院墙壁一样颜色，陈旧象牙和母骡的衰老牙齿一样颜色写的印的典籍……清洗吧，雨啊！清洗记忆的高层餐桌。

"雨啊！请清洗人心里夸人最极致的东西：最严谨的判决，最完美的序列；说得最圆满的语句，写得最生动的书页。请洗去，洗去人心里对赞歌与哀歌的喜好；对田园小曲和回旋曲的钟情；洗去他们表达的巨大幸福，洗去简洁文雅的盐与矫揉造作的蜜；洗吧，洗去梦想的铺盖和知识的垃圾：人心里没有拒绝，人心里没有厌恶；洗吧，雨啊！在最有禀赋完成理性巨著的人心里，洗去其最华盛的才具……"

八

……雨的榕树失去了它在城市的根基。它就在天空的风里流浪,

就这样来到我们中间!……你们也不要突然否认,说它来到我们这里什么也没发生。

谁要是希望知道雨在大地的行进中遇到了什么,就请来到我们的屋顶,来到迹象与预兆之中。

未得到恪守的承诺!此时在人类车道上不倦的播种以及生腾的烟气!

哈!闪电来了,又离开我们!……将把我们带往各座城门。

高空的雨在四月底下行走,高空的雨在皮鞭下行走,像鞭笞会教派①的教徒。

---

① 13 至 14 世纪天主教的一个支派,其成员要相互鞭笞以赎罪。

但现在我们被更加裸露地交付给这股腐殖土和安息香的气味。在这种气味里，土地顺合黑色童贞女的口味苏醒。

……这是蕨类心里更加清新的土地，是巨大的化石在流淌的泥灰石中的露头，

在暴雨后玫瑰伤心的肉体里，土地，土地仍顺合着女人的口味被改变成女人。

……这是在千百把利剑的火光下更加活跃的城市，是神圣事物在大理石上的飞翔，天空仍在喷泉的承水盘里，

空阔广场的石柱尖上立着金色的母猪。这仍是朱砂门廊的光彩；包铁的银质黑兽守在较矮的花园门口；

这是年轻寡妇，一些战士的年轻遗孀胸腹间仍存的欲望，就像一些被严密封紧的骨灰坛。

……这是在语言的峰巅奔跑的清凉，是仍挂在诗的嘴唇的泡沫，

而人仍四处遭受新观念的挤压，因为他屈服于高高卷起的精神大浪：

"好歌，喏，咏唱水的挥霍的好歌！……"可我的诗，雨啊！还不曾动笔！

九

暗夜来临,栅门关闭,在灌木丛的低矮帝国,天空的水有什么分量?

把我最明显的财富系在矛尖上!……所有事情都够得上精神的祸患,

主宰我欢笑的强大天主,今晚您将把吵闹带到更高的地方。

*

……因为,天主啊,这些都是您在诗的乏味门口的乐趣;而在那个地方,我的欢笑令光荣的绿孔雀惊恐不安。

1943 年于萨凡纳

雪

献给弗朗索瓦丝-勒内·圣-莱热·莱热

一

然后就下雪了，头一场缺席的雪，雪落在由梦幻与真实编织的宽大纤路上；于是一切困难就交给有记忆的人，我们的太阳穴便感到了一种衣衫的清凉。这是早上，略微不到六点，天上显现出晨曦的灰盐，就像在一个幸运的避风港，一个优美和仁善，让蜂群大肆传唱静寂颂歌的地方。

整个夜晚，顶着这层厚厚的羽毛，高高地支承着遗迹，载负着灵魂，被发光昆虫钻眼掘洞的浮石高城忘记了自身重量，在我们的不知不觉之中不断增大，变得更加卓越。只有那些人知道城市的一些事情，可惜他们的记忆靠不住，他们的叙述缺乏逻辑。精神在这些非凡事情里做了什么，我们并不清楚。

无人撞见，无人经历这个丝般柔软光滑的时刻在石头额顶上的第一次露面，这易碎的，太琐屑的，像睫毛擦碰一样微不足道的事物的初次接触。在覆盖青铜雕像的氧化层上，在明晃晃的镀铬钢件上，在发音喑哑的粗糙瓷砖上，在屋顶的大块玻璃明瓦上，在光闪闪的黑色大理石上，在白色金属打造的马刺上，无人撞见，无人玷污这道刚由气息凝成，

宛如出鞘之剑的头道寒光的水汽……先前纷纷扬扬地下雪，于是，就有了将被我们形容为奇观的景致：清晨无声地蜷缩在它的羽毛之中，就像一只神奇的大枭被精灵的气息包裹，在自己身上披满白色的大丽花。四面八方一片苍茫，令人心旷神怡。改变最大的或许是露天平台的面貌，去年夏天，建筑师[1]曾在那里给我们展示了一些夜莺蛋！

---

[1] 疑指大自然。

二

我知道有些大船被这群颜色浅淡的幼小牡蛎粘住,发出它们聋兽般的汽笛声,抗议人类和众神的视而不见;世上的所有苦难都呼唤领港员去河口外的大海。我知道在条条大河末端水与天缔结了奇怪的盟约:白色的夜间婚礼,白色的石蛾翻飞的节庆。在晨雾漫漫像玻璃罩着的棕榈园的宏大车站,乳白色的夜孕育出一个槲寄生的节日。

稍稍不到六点,家家工厂也拉响这种汽笛,于是在这一带,在那上头,一个个大湖也开始了早班。在那里,灯火通明的工地整夜都朝天空这个顶棚伸延一株高高的亮着星光的葡萄藤:被雪绒包裹着的千盏灯火……大块螺钿在生长,完美无缺的螺钿可是在酝酿对最深水域的回应?——啊,天下万物有待复活,啊,你们就是全部回应!而视觉终于完好,不存缺陷!……

天下着雪，雪落在铸铁的神祇身上，落在精神失常在举行短暂礼拜仪式的炼钢厂上，落在炉渣垃圾和泥土填出的牧场上；雪落在人类的工具和狂热上——在旷野雪比芫荽籽更细小，在四月比年轻母畜的初乳更新鲜……雪从那边下下来，落向西方，落到筒仓上，落到农场上，落到没有历史的跨着一串高压线铁塔的大平原上；落到将要诞生的城市的规划线上，落到撤走营地熄灭的灰烬上；

落到被酸污染未曾挖开的泥土表层，落到一丛丛黑森森的栖停着一些羽毛竖立像战争纪念品的鹰的冷杉树上……设陷阱捕捉毛皮野兽的猎人啊，你们用无事可做的两手诉说了什么？今夜伐山开路人的面颊给斧头贴上多么令人担心的温柔？……天下着雪，雪落出了基督徒的领地，落在最嫩的黑莓枝上，落在年齿最幼的动物身上。我的存在是世界的配偶！……不管在世界何方，只要静寂照亮一个落叶松之梦，忧郁就会揭开它的女仆面具。

三

这么多海来分散我们岁月的奔跑还不够，这么多陆地来分散我们岁月的奔跑还不够。在我们拖引我们的道路之网——愈益增大的负担——的新岸上，还需要这首咏唱雪的单旋律圣歌，来从我们脚下劫走我们的足迹吗？……大量造成离家在外的雪，在望眼欲穿的盼归女人心中显得冷酷无情的雪，你们要在最辽阔陆地的条条道路上铺展我们对年岁的感觉与测量吗？

在我的种族的女人中我最思念的那位，把温柔的面孔从高龄深处向她的天主抬起。正是一种纯粹的亲缘在我身上传留她的优雅。"让人把我们俩留在您所使用的无言语言里吧，啊，您就是全部存在，您就是全部耐心！就好像我们的脚步上有个高大而优雅的夏娃在轻轻吟唱我们种族很纯粹的歌。这份甘甜的苦恼曾如此长久地纠结在我心……

"出身高贵的夫人是您在十字架阴影里的沉默灵魂；但是高龄的贫困女人的肉体，是您在所有受苦女人身上的活泼泼的女人心……在我们焚烧荆棘的被束缚的美丽国度心脏，这是对缺乏男人拥抱的各种年龄女人的深悲剧悯。在这种更为严重的寡居状态里，又将由谁来把您带往您那些灯火节俭的地下教会，难道是蜜蜂，神的蜜蜂？

……在我于远方大地静默的这段时间，我在浓密荆棘丛的苍白玫瑰花上，看见您的眼睛衰弱变黯。然而唯您才独有黑石般的人心所持有的这分沉默优雅……因为我们的岁月乃是从属他人的土地，我们都不是其领主，但是我们的脚步上好像有个高大而优雅的夏娃在跟着我们吟唱这曲纯粹种族的歌走向远方；这份甘甜的苦恼曾如此长久地纠结在我们心中……

"昨夜可曾下雪，在您双手合十的世界那边？……这里，街上大声传来轮链的声音，因为人们在街上奔跑，奔向他们的阴影。过去我们不知道，世上竟还有这么多铁链，来装备朝白昼逃逸的车轮。我们门口铁锹也闹出大的响动，啊，夜间的值班人！道路上的小黑人去查看大地的口腔溃疡，就像去收盐税。

"夜晚患癌之后,残存一盏灯。一只暗红色的鸟,在整个夏季曾一身火红,突然耀亮冬日的地下墓室,就像公元一千年礼拜时刻表那些书上的那只候鸟……我的存在,就是世界的配偶,我的盼归,就是世界的配偶!愿谎言的清新气息仍让我们陶醉!……人类要忧郁就让其忧郁吧,但也得让人类保留这股无名的力量,和这份不时让他们微笑的优雅。"

四

独自在这间被雪的海洋包围的拐角房间上方算账……作为一个靠不住的临时房客，既无证物又无证人的人，我要像一条离港的小船，离开我低矮的床铺吗？……每日在外安营，离出生地一天比一天更远的人，每日牵着小船走向另一些岸滩的人，更知晓模糊不清的事物每日的流程，会在清波绿浪间朝着源头溯流而上，蓦地，他们被这道任何语言都无法描述的强光击中。

半裸的人就这样置身于雪的汪洋，突然中断大幅的均衡摆动，去追求一个奇特的不能用词语表述的目标。我的存在就是世界的配偶，我的谨慎就是世界的配偶！……我像旅行者，从原始的水那边，随同白昼转向新月，而新月的行为变化不定，新月的步态背离常规，于是我有意在语言的最古老层面，在语音的最高音节之间游荡：一直到很远很远的语言，一直到很

完全很节俭的语言,

犹如达罗毗荼人那些没有明确表示"昨日"与"明天"词语的语言。来吧,跟我们走,我们无话要说:我们追溯古人造句没有拼写法的那分纯粹快乐;我们在简洁明了省略了元音字母的词语,失去首字母的古词前缀剩余字母之间游刃,并超越语言学的优良成果,我们给自己另辟蹊径,直到这些前所未闻的新短语:嘘声发音在其中退到元音那边,气息的音调变化借助那样的半发声唇音传送,以期得到纯粹的元音结尾。

……这就是早上,在最纯粹的词语下,一个无仇恨、不吝啬的美好国度,一个有情义又宽容能让精神素质升华的地方;好像我们脚步上有个高大而优雅的夏娃,阔大的玫瑰园被周围的落雪映得一片雪白……伞形花,伞房花的娇嫩,蚕豆下面的假种皮,哈!流浪者唇上还有这么多无酵面饼!……在更加自由的地方,哪种新的植物群,以花果来给我们赦罪?什么样的骨梭在老妪手中,什么样的象牙巴旦杏在少妇手上

给我们编织敷贴活人烧伤的更清凉布料?……

我们的耐心是世界的配偶，我们的期盼是世界的配偶！……啊，梦想的接骨木整个就接在我们脸上！世界啊，你的谎言的清凉气息，仍让我们陶醉！……在河流仍可以涉水渡过的地方，在积雪不深仍可以踏雪走过的地方，我们今晚送一个不能涉不能踏的灵魂经过……过了河流雪原，就是辽阔的梦乡，以及人在其中抵押命运的全部可替代财富……

*

从此本页不再题写任何文字。

1944 年于纽约

写给异乡女人的诗

"外侨登记法"

一

沙子和秸秆将诱惑不了未来世纪的脚步，届时街道对于您就是无记忆的石头马路——哦，无情的绿石，比您异乡女人
鬓角的卡斯蒂利亚碧血更绿的石头！

美好时代的永恒压迫静默的封闭隔膜，正午，为新的痛苦更温暖的抱窝，深渊深处
在锚定物上移动的木屋催熟一种灯盏之果。

然而磨损殆尽的有轨电车有一晚在街道转弯处离去，驶过一条条马路，一个个斜坡，还有被马尾藻入侵的观察所圆坪，以及流动着活水，有着
马戏团成员经常光顾的动物园街区，

驶过像成群成群鱼苗一样迁徙来的黑人和亚洲人的街区，经过环礁一样的圆形广场那些绮丽的绿色二

至点,

（有天晚上同盟国骑兵曾在那里安营扎寨，哦，成千上万个海马头！）

歌唱着昨日，歌唱着他乡，歌唱着它出生的痛苦，在美洲灰雀两声啼啭的伴和下，歌唱着种植了一座座为鸣蝉所骚扰的年轻都城的夏季……抑或，喏，在您门口留给异乡女人的夏季，沿着路轨驶向立着一根根男像柱的国度。

这两条路轨，这两条路轨——来自何方？——它们并未说出答案。

*

"栖心街……栖心街……"阿莲娜在灯下轻声哼唱，然而这是对她那异乡女人语言的误解。

二

"……没流一点眼泪。——您曾经这样认为?——但时间长了,我们落下了这个眼疾,因为悬在这世界所有火炭之上的利剑,我们盯得太紧。

"(哦,斯托罗戈夫①那把刀,就对着我们的眼睫毛!)

"或许扎进肉里的尖刺,也来自与我同种的女人心里一株更嫩的黑莓;而且我也承认,寡妇那些太长的雪茄,我也吸得太多了,点着灯光吸,一直吸到清晨。

"在这片浩荡水声中,新大陆的夜晚能做什么?

"……您唱歌呀——这是您的歌——您歌唱世界

---

① 儒勒·凡尔纳小说《米雪尔·斯托罗戈夫》中的主人公,沙皇信使,冒险家。

上的所有放逐,就不会为我唱一曲夜歌,说说我的痛苦?一曲感谢我的灯火的歌,

"一曲安慰等待安慰盼归的歌,安慰在锦葵花心里更加暗黑清晨之歌?

"在大地之上,暴力是如此凶狠地施加于我们……哦,您这个法国男人,还不快唱,好让我在富有人情味的季节,听见石头街巷的洗衣妇的一声欢笑,随着雨燕的啁啾,随着圣于尔絮勒会教堂的钟声,上升到金色的秸秆堆,

"上升到您那些国王的香粉里。

"……您不要说一只鸟在鸣唱,不要说它像教会王爷穿着很漂亮的红衣,栖停在我家屋顶。不要说——您也见过它——松鼠在游廊上;不要说报童,募捐的修女和牛奶经营者。不要说从昨天起,在天空深处,

"有一对鹰以其展翅高飞的英姿,吸引全城人注目。

"因为这一切就算是真的,也没有故事没有意义,没有休止没有分寸?……是啊,这一切并不明晰,对

我而言无足轻重,还不如一片染血的欧洲钥匙放在我女人裸手上的分量……啊!这一切是真的吗?……(还有,我家门口

"这只走路的模样有点像正人君子,被他们称做史达尔林的铜绿色鸟,究竟是个什么货色?)"

*

"栖心街……栖心街……"流亡中的钟在低声鸣唱,然而,这是对它们异乡女人语言的误解。

三

众神就在近处,众神鲜血淋漓,众神的面孔遮盖着,抹了脂粉!在正午的灯盏橘园下面最大的深渊成熟了。然而波涛涌到您关闭的百叶窗边,夏日已在衰退,正扭绞锚链,转向昼夜平分点那硕大的玫瑰,

如转向教堂半圆形后殿那彩绘大玻璃窗。

桑葚在你们街道染上如此美丽的熟葡萄酒印渍,这已是第三年,像我们现在在木槿花心里,或从前在名叫艾洛亚的姑娘们怀里看到的印渍①。在您关闭的门口,

像古代预言婆的一个窝,深渊产下了它的奇迹:萤火虫!

----

① 艾洛亚是法国19世纪作家阿尔弗雷德·德·维涅作品中的人物,生于8月28日,后世一些生于此日的女孩喜欢取此名。

在绿意盎然别无杂色的夏季,在绿得如此茵绿的美丽夏季,有哪个第三季的黎明,陶醉的债权,展开其飞蝗的翅翼?不久,九月的高空微风将在城市门口,就热带草原的航空举行会议,而

城市仍在洪水泛滥中往江河倾倒它一个夏季收集的死蝉。

……总是闪射着这种耀眼的玻璃光芒,总是这样高高地悬挂在天上。总是响着大水的声音。有时,礼拜日通过各个房间的管路,从亚特兰蒂斯的沟坑升上来,连同这种像海外气息一样的天生气味,

这是陆地的腐败霉烂中一股深渊与虚无的气味……

献给异乡女人的诗!献给女移民的诗!……在您不曾破壳的高大行李箱之间的黑纱或苋红车道!啊,从您种族的内心,从您种族的喊叫,您是高大的!……欧罗巴像斗牛场的圣母,在您的肋部流血。您的金色木鞋陈放在欧罗巴的橱窗,

还有刺穿您悲伤圣母之心的七柄镀金利剑①。

---

① 基督教说圣母有七种痛苦,画家们用七柄刺穿圣母之心的利剑来表示。

骑兵们仍在您的神父们的教堂，嗅着祭坛栅栏上的青铜星球。而布瑞达①高耸的长枪则在家庭的各个门口站岗放哨。但是不止一个出身优越的人变心，加入下等人阵营。对像雪茄烟盒底部那株金棕榈一样竖立在

你们那些颜色太蓝的海湾上的幸福旗帜，还是有些事要重新评说。

众神就在近处，众神经常露面！明日您将给我们煅打什么样的铁玫瑰？嘲讽的鸟在跟随我们的脚步！旧大陆像红色花粉一样分群给各世纪的这段历史并不新颖……在被正午的灯盏遮盖的鼓面上，我们将在歌唱昨日，歌唱别处，歌唱出生的痛苦，歌唱

今年无数人流亡他乡的生存辉煌中操办不止一场丧事。

但在高龄和坚忍的今晚，在因软糖式阿片制剂和黑乎乎的薄水泥浆而沉重的夏季，为了解救您深渊底部的灯盏民众，回忆啊，我孤身一人，从盲人基金会，被交给裹尸布支配的池塘，和辟作死人囚笼的小

---

① 布瑞达是一座尼兰德城镇，在16世纪末期为西班牙人与荷兰人长期争夺的战略要津。委拉斯开兹的名画《布瑞达的陷落》（现存马德里普拉达博物馆）表现了这一主题。画面上有多名战士扛着长枪，故此画又名《长枪》。

山谷所在的高头街区经过，沿着栅栏和草地网球场以及一座座绮丽的意大利式花园

  这些花园的主人有天晚上闻到一股坟墓的气味，吓得弃家出走，

  走吧，哦，记忆！迈着自由人的步伐，在沙漏的歌声里，我裸着头颅，任荧荧磷火在额前飘过，头顶是和海底一样钢蓝色的万里长空，我大声宣布我属于古代女预言家的民族，属于不信鬼神的民众，我还在梦中伸手划水，在这么多看不见的生灵中间浮泅。

  我那只叫欧罗巴的母狗一身白色，而且，比我更像诗人。

*

  "栖心街……栖心街……"天使对多比[1]浅吟低唱，然而这是对它外国佬语言的误解。

1942 年于华盛顿州乔治敦

---

[1] 《圣经·旧约》中的人物，是流亡于尼尼微的犹太教徒，传说是希伯来律法的坚守者。